U1000038

最后的计谋

〔日〕深水黎一郎 著

马梦瑶 译

人民文学出版社
PEOPLE'S LITERATURE PUBLISHING HOUSE

著作权合同登记号 图字 01-2016-5473

Original Japanese title: SAIGO NO TORIKKU
Copyright © 2014 by Reiichiro Fukami
Original Japanese edition published by KAWADE SHOBO SHINSHA Ltd. Publishers
This Simplified Chinese edition published by arranged with KAWADE SHOBO SHINSHA Ltd. Publishers through The English Agency(Japan) Ltd.

图书在版编目(CIP)数据

最后的计谋/(日)深水黎一郎著;马梦瑶译.—北京:人民文学出版社,2016
ISBN 978-7-02-011906-6

Ⅰ.①最… Ⅱ.①深… ②马… Ⅲ.①长篇小说-日本-现代 Ⅳ.①I313.45

中国版本图书馆CIP数据核字(2016)第184338号

责任编辑:朱卫净 王皎娇
装帧设计:汪佳诗

出版发行 人民文学出版社
社 址 北京市朝内大街166号
邮政编码 100705
网 址 http://www.rw-cn.com

印 刷 山东临沂新华印刷物流集团
经 销 全国新华书店等

开 本 787毫米×1092毫米 1/32
印 张 9
字 数 100千字
版 次 2016年11月北京第1版
印 次 2016年11月第1次印刷

书 号 978-7-02-011906-6
定 价 46.00元

如有印装质量问题,请与本社图书销售中心调换。电话:010-65233595

I

1

那天，我正在写作室里苦思冥想连载中的小说。

其实这种状态并非现在才开始的，老实说，我写小说一直就是这么费劲。

听到有人敲门，我站起来从门镜往外瞅，是那位叫镰田的管理员老大爷，他面无表情地站在门外。

我打开了门，老人撅着嘴递给我一封信。看他的样子好像不太高兴，大概是又和住在附近的女儿吵架了吧。这个公寓虽然和其他公寓一样，在一楼有个信箱，但是挂号信必须由管理员直接送到住户的房间来。我道了谢，关上门。

这是个很普通的白色信封，信封正面加盖了挂号信专用的红色印戳。翻过背来一看，寄信人栏里只写了个名字。

这个名字看着眼生，我又翻到信封正面看了一下邮戳。

邮戳的日期是昨天，地点是东京中央邮局。若是东京市内寄出的，即便是平信第二天也能送达，所以我觉得似乎没有必要加急——

我用手摁了摁信封正中，好像没有夹带其他什么东西。于是，我左手拿着信，右手打开抽屉，寻找开信刀。

尽管难得有机会使用，却一直在抽屉里充数的开信刀，老是在用得到它的时候不见踪影。我也懒得再找了，直接撕开了厚厚的信封口。

然后，从里面掉出来几张信纸。

请原谅我非常冒昧地给您写这封信。

信是这样开头的。

都什么年代了，居然还有人用蓝墨水钢笔在信纸上写信。虽然算不上多漂亮的字，写得倒是蛮认真的。我打量着开头这几个字。

怎么感觉像是古代人写的情书啊——这就是我看完开头的第一印象。

我继续往下读。

按照常理，我应该首先做一番自我介绍，但是由于种种原因，也为了节约时间，就省略了，请您谅解。因为我觉得总有一天有机会向您介绍我是个怎样的人。

只是有一点，我不得不先跟您交代一下。那就是我从未好好写过一篇像样的文章，因此在这封信里，也会有很多幼稚的表达或语句不通的地方，还请您海涵。

总之，虽然很唐突，还是请允许我开门见山，直接进入主题吧。

您听说过"留给推理小说界的最后一个不可能实现的计谋"这么个说法吗?

请原谅我这个既唐突又无礼的提问。我也知道问您这种问题本身就是很没有礼貌的。您可能正在生气地想，你把我看成什么人了吧。

如果您很清楚这个说法的话，就请越过下面的几十行吧。不过，万一您是一位什么都不知道的蒙昧无知的人（请原谅），这种可能性不是完全没有（我对您并不是特别了解），那么恕我无礼，请允许我再稍微说一点吧。

自从埃德加·爱伦·坡开创了推理小说范畴以来，时至今日，已经有无数的推理小说问世。在很长一段时间内，被称作推理小说王道的，是以抓捕犯人为目标的“本格推理小说”。在故事的最后，名侦探会将案件的关联者聚在一起，通过清晰透彻的推理以及简洁明快的逻辑，成功地揭发极其狡猾的犯人的犯罪手法。而且最后，侦探总是出乎意料地道出真正的犯人，即所谓完美收场。我虽然称不上推理小说的忠实粉丝，但在童年时期，也多次看到书里的这种场面，紧张得心扑通扑通直跳。

然而最近听说，这种本格推理小说，与其“本格”的名称相反，在推理小说的世界里是很吃不开的。

不对，据说“吃不开”还是经过斟酌之后的说法呢，说得更准确一点，就像是被记载在濒危物种名录上的珍稀动物那样，面临着灭绝的危机。

当然这个趋势好像并不是最近才开始的。从历史上来看，以找出凶手为目的的“本格推理小说”的数量，从某个时期开始不断减少。而一开始就知道谁是凶手，描写侦探和警察是如何破解凶手缜密的犯罪手法和不在场证据的作品（记得曾经把这样的描写称为“倒叙型”），或是描写警察组织本身的问题及矛盾的作品，以及揭示社会阴暗面的作品等，在数量上逐渐占据了优势。近几年，这一趋势还在不断发展，在每年年底各种杂志上发表的年度推理小说排行榜中占据前几位的，可以说大多是被称为侦探小说或是犯罪小说的作品，而不是解谜式的本格推理小说，这种现象在近年绝不是稀奇的事。甚至还出现了不少基本没有解谜要素的，多年前，被归类于恐怖小说或悬疑小说，乃至科幻小说及冒险小说等类别的作品。

其中，也有肯定这种状况的见解，称推理小说的范畴拓宽了。果真如此吗？不如说是以各种理由，逐渐抹杀传统的“本格推理小说”，让其他题材取而代之更为正确吧。倘若现在广义的“推理小说”逐渐沦为娱乐小说的同义词的话，那并非是本格推理小说的势力扩大了，而是不断被淡化和扩散了。就如同甜甜圈一样，在其中间被打开了一个大口子，不知有此感受的是否只是我一个人？

为了避免误解，我得事先说明一下，这些都是我个人的观点。而且我既不是推理小说的评论家也不是研究者，更没有丝毫想要长篇累牍地进行讲解的意思。只是在进入正题之前，无论如何要先确认一件事情才这么说的。请您耐心地再看一会儿吧。

我认为从来没有像“本格推理小说”这样，自成立以来就伴随着各种各样的批判声音的文学体裁。因为从推理小说刚刚诞生之初，它的鼻祖爱伦·坡就受到了许多不着边际的批判，比如批评他将只有作者才知道答案的杀人事件或暗语作为素材来写小说是卑怯的行为等等。听说爱伦·坡将在现实中发生的未得到解决的案件写成短篇，揭示一种可能，也是为了回应那些批判声音。

即便时代变迁，围绕本格派推理小说的批评也没有停止。批评家们对本格派推理小说批评的重点主要是认为其缺少写实性。比如犯罪场所一般被设定在远海的孤岛或是被大雪封闭的山庄等局限了人数的地方，嫌疑人何必要选择在这样的环境里实施犯罪呢？假如凶手不想因为杀了人而被捕的话，何不趁着黑夜，伪装成街头的杀人魔，不是更符合情理吗？此外，凶手为什么偏偏要选择案发之后，当警察、侦探正在宅邸内四处搜查时，又去杀第二个人呢？至少也应该等风声过去再说啊，凶手难道没有最起码的自我保护意识吗？还有在最后的大结局部分，为什么用来指证真凶的只有法庭不会采纳的间接证据，而真凶一旦被指证，就像在吹嘘什么了不起的事似的口若悬河地坦白自己的作案手法呢？为什么要让凶手在关键时刻自杀，以这种突兀的方式来结束故事呢？上述这些质疑，在本格派推理小说杰作辈出的时代中可能不会成为问题，但是在当今社会，科学技术飞速发展，连孩子都变得对那些荒诞无稽的神话、童话故事不加理睬的环境下，这些质疑逐渐成为了不可忽视的问题。不少人都有这样的经历：小时候觉得紧张刺激的推理小说，长大之后再次读起时，会发现其情节发展太偏离现实，而深感失望。

那么，缺乏现实性是本格推理小说衰退的原因吗？

以我愚见，那只不过是原因之一，应该还有更深层次的原因。

根本原因就在于该体裁内在的资源已被发掘殆尽。

“体裁内在的资源已被发掘殆尽”，这么一写，看起来难以理解，归根结底，就是使本格推理小说成为推理小说王道的“出乎意料的犯人”这一模版已经差不多枯竭了。

侦探、受害者、死者、动物（猩猩、蛇等）、案件记述人、自然现象（风或雪等）是犯人，不谙世事的孩子是犯人，更有甚者在场的人全是犯人，负责案件的法医是犯人等等……迄今为止多如繁星的人都当过了犯人，最后终于枯竭了。

于是不知从何时开始，诸如“案件一开头就早早出现的最不像犯人的人，就是真正的罪犯”等等，本格推理被人们这样奚落了起来。实际上，按照这个原则去推测犯人，能保证一定的准确率。可是这样看小说的话，怎么会觉得有趣呢？

说这么多，清楚了吧？

当您能够理解以上这些话之后，才可以进入正题。

据说有一个，至今为止谁都不曾解决的最后的谜题，即终极的“出人意料的罪犯”。

这种构思到底是什么呢？

与推理小说有关联的人，或者忠实读者都应该知道吧。实际上很久以前开始就一直有这个说法。

直言不讳地说，就是“罪犯就是读者”这种构想。

如果能够让读完之后合上书的读者说出“我就是犯人”

这句话，即是作者的成功。

然而，时至今日，至少在一般人的认知层面上，能使这个构想得逞的作品还未出现。

至于我为什么就此事洋洋洒洒地写了这么多，是因为终于到了该说的时候了。

其实，我拥有使“出人意料的罪犯”成为现实的构思。

也许您认为我在胡说八道，但我说的是真的。如果能正确使用我的构思，那么“罪犯就是读者”的推理就可以成立。

当然，我估计您心中大概怀有以下的疑问。

既然想出了这么棒的构思，你为什么不马上动笔呢？

有写信的工夫，为什么不立刻着手写小说呢？

写完后交给出版社的话，一定会成为畅销书吧？

——诸如此类。

可是，我自有不能动笔的原因。

一是，我现在根本没有余暇做这件事。请把我这里所讲的“余暇”理解为包括时间、经济以及心理在内的多重含义的余暇。眼下，我需要尽快筹集一大笔钱，根本没有精力花上几个月或者几年的时间不紧不慢地完成作品。

第二个理由就是——实际上这才是最主要的理由——正如在这封信开头我怀着羞耻告白的那样，我从未写过像样的文章。

我自知就连这封信的内容也是完全不能入别人眼的，可即便是这样的文章，我也是花费了好多天，一遍遍地反复修改，才勉强写到这个程度的。

您可能会耻笑我，但这是真的。

要我写几百页稿纸的小说，仅是想一想，我就会晕厥过去。

这就是说，我虽然有构思，但是自己写不出来。

我想您差不多明白我写这封信的意图了吧?

没错，我想跟您做一笔交易，我想把自己的这个构思卖给您。

我想要的只是构思费。出版时的版税自然不用说，就连想出这构思的荣誉也完全归您所有。只要钱到手，我绝对不会跟别人提及出售构思一事。您只要创作出这部杰作，以“从头至尾都是我独自构思”的自豪姿态接受世人的赞赏即可。

请允许我再对您说一遍。

突然给您写这样一封信，请原谅我的失礼。

想必您对我突然提出的请求感到非常困惑吧。

您不用即刻回复，请慢慢考虑。

为了证明我说的话，这次不附上我的地址。过些天，我还会再给您写信的，请您在那之前仔细考虑我的提议。

香坂诚一　敬上

我读完信以后，一时间脑子里什么也思考不了，陷入了茫然的状态。

然后我又瞄了一眼写在信末尾的名字。香坂——我在记忆中搜索了一番，无论是朋友，还是工作中接触的人，都没有姓香坂的。

自从我开始写东西后，经常会收到很多陌生读者寄给我的信，大部分是通过出版社转交给我，也有一些像这样直接寄到我家里来的。最初，我对他们是怎样得知我的住处感到奇怪，后来这个谜终于解开了，原来有个家伙在某互联网站的巨大公告栏上公布了我的名字和住址。

此人有可能是我以前认识的某个人，此事令我深感困扰。由于每天都会收到各种广告邮件和无稽请求，以至于有段时间我甚至开始考虑搬家了。万幸的是，被公开的地址不是我自己的家，只是借来当工作室的公寓，而且并未遭遇更进一步的骚扰，所以我现在还在这里写作。要是搬走的话，给搬家工人的工钱，加上租新居的押金、礼金什么的，少说也得花个几十万。那样一来，等于还是败给了那些网络上的恶作剧，付出了金钱上的代价，那可就太让人恼火了。好在我的信息很快被删除了，在那之后，基本上没有再收到骚扰信件，不过偶尔还是会有不认识的人来信。

说起来那些信真是五花八门。有的大叔寄来自己潦草书写的半生自传，让我把他的经历写进小说，与此相反，也有神经质的女人抗议我擅自把她的故事写进小说。

当然，对那些信件我一概不予理会，可是这封信和那些信有所不同，让我不得不对它怀有某种特别的感觉。

听到对方告诉你，他可以实现“终极推理计谋”，却完全不动心的话，那就失去了作为一名作家的资格。

更何况这封信传达了寄信人的孤注一掷。在上乘的信纸上，用敬语手写的信——写信人说他花了很多天写这封信，感觉不像是瞎说的。

我又把信从头读了一遍，尽量抛开先入之见，就当作是第一次读这封信。

老实说，第一遍读信时，只是大致浏览了一遍，内容没怎么看进去，看了第二遍之后，就理解得比较到位了。我还发现，此人写这篇文章时，顾虑到方方面面，费了不少心思。

我的脑海中思绪万千。

遗憾的是，现在我没有时间仔细思考这封信了，因为已经到了去拜访古濑博士研究所的时间了。我看了一眼墙上的挂钟，急忙站了起来。

2

研究大楼的传达室里坐着一个中年男人，我问他去古濑博士的研究室怎么走，就上了电梯。

我本来还担心会被问及来访的目的，谁知对方什么也没有问，反而令我有些失落。没想到大学的大楼门卫对来访者如此宽松。

我站在研究室门前，确认了房间主人的姓名后敲了门，给我开门的正是穿着白大褂的古濑博士。

“哎呀，欢迎啊。”

古濑博士露出温和的微笑，跟我握手。听说博士在欧洲留学多年，我猜想这个研究所大概是欧式的吧。

“您百忙之中特意接待我，非常感谢！”我很不好意思地跟他握手。

“哪里，反正这个时间我也得在研究室里待着。每周三下午要给学生答疑，或是替学生拿捏毕业后的出路，这是霸道的大学管理层单方面派给我的任务。”

“那么我今天来，不会影响到学生吧？”

“没关系。尽管我老老实实在这里候着，但学生很少来。好像最近的学生大多回避和教师接触。”

博士苦笑着说道。

“你喜欢喝咖啡吗？”

“非常喜欢。”

“那太好了。”

博士高兴地说，然后往茶几上的大号咖啡机里放入很多咖啡豆和矿泉水，用打火机点着了酒精灯。这是本不该放在研究室里的高级咖啡机，令我对咖啡更期待了。

话虽如此，他到底沏了多少人喝的咖啡呢？

“哦，对了，忘了给助手任务了，我失陪一下。”

古濑博士说完，飞快地打开门，去了走廊。

研究心理学的古濑博士年轻的时候，只是研究一般的精神分析或荣格[1]、拉康[2]等等。但是最近他下决心脱离该研究，开始了超心理学研究。所谓超心理学属于科学地研究透视能力或预知能力等超能力的学术领域。

当然，在日本，超心理学至今还处于很难作为一个科学领域被人们认知的状况，因此，古濑博士名片上的头衔依然只是“心理学者”。他在大学里好像也是担任普通心理学的讲座。他在国外获得的博士学位，也是靠关于拉康的论文取得的。当然，据博士自己说，只是“为了不受任何人影响研究超心理学”，即为了“穿上一件隐身衣”才当上大学心理学科的教授的。换句话说，现在自己并没有脱离原来的专业方向，自己的兴趣原本就在超心理学领域。

我有幸在一次聚会上认识了在这个领域被公认为日本

① 荣格，瑞士心理学家和精神分析医师，分析心理学的创立者。

② 拉康·雅克，法国的精神分析学家、哲学家。

第一人的古濑博士，表示希望有机会能够和他好好聊一聊，博士愉快地同意了。尽管如此，我绝非超能力的无条件信奉者，反而是抱有怀疑的人。只是我有个必须请教他的问题，所以才放下了写作进展不顺的稿子前来拜访。

剩下我一个人后，我仔细环顾了博士的研究室，房间里竟然没有一件像是研究超心理学的仪器。我看见墙壁上有一扇蓝色的门，说明里面还有一间屋子。但除此之外，每一面墙壁都是高高的书架，如同普通心理学研究室那样，整个房间被书籍掩埋了，而且全都是外文书。

莫非这些书籍也是博士掩人耳目的工具？

我站在书架前，随手抽出一本书翻看起来。与我想象的相反，书里都是数据或图表，就像数学或统计学论文。

门开了，博士走进来，我慌忙把书放回到书架上，觉得自己随便看主人的藏书，有些尴尬。但博士似乎毫不在意，看了看咖啡的情况，然后坐在了我身边。

“那层书架上全都是爱丁堡大学的凯斯特勒[①]在超心理

---

① 凯斯特勒超心理现象研究会成立于爱丁堡，是按著名作家阿瑟·凯斯特勒及其妻子辛西娅的遗愿创办的。1983年，夫妇俩不堪忍受帕金森氏疾病的折磨，双双自杀。

学讲座时发表的论文集。”

古濑博士反而给我讲解起来。

“你也知道，爱丁堡大学在超心理学研究方面是世界上顶尖的大学之一。”

“爱丁堡大学？真的吗？”

何止爱丁堡大学，我连爱丁堡都没有听说过。

“是的，有超心理学博士课程的大学在全世界也是独此一家。”

“这样啊。”

“还有下面这层架子上的，全都是 PEAR 的研究论文集。”

“PEAR 是什么？不会是鸭梨吧？”

“很抱歉。”

博士呵呵大笑起来，然后动听地继续讲解。

“PEAR 就是普林斯顿大学工程异常研究所的简称。PEAR 是 Princeton Engineering Anomalies Research 的首字母。那里是以使用随机数发生器进行念力或心灵感应实验而出名的地方。”

“原来是这样啊。”

我只能一味地点头。博士慢慢向右侧移动了几步。

“这边架子上是德国 IGPP 的研究论文集。”

“IGPP？”

“是 Institut Hule Grenzgebiete Der Psychologi Und Psycohigene 的首字母，我们习惯叫做 IGPP。但是在日语里翻译成什么好呢？勉强译成公共精神卫生以及心理学研究所吧，嗯，好像有点长。总之，在研究者的数量和研究设备上，它是世界上最顶尖的超心理学研究所。”

博士脸上浮现出温和的微笑，接着说起了动听的德语。我拿起一本翻了翻，很多句子下面都有下划线，有的句子旁边还用德语写了批注。

“下面这层架子上的，是位于巴黎的 IMI 研究报告书。IMI 是 Institut Metaphysics Internationale 的简称，可以翻译为国际超心理学研究所。”

这回博士又说起了优美的法语。

“在这边架子上的全都是荷兰的乌德勒支大学的大学纪要。”

博士从架子上抽出一本递给我。我哗啦哗啦地翻看着，这个自然是用荷兰语写的。虽然很像德语，但德语里“ch”

的地方，变成了“k”；“tz”的地方，变成了“tt”，由此判断是荷兰语。即比较语言学领域里所说的格林定律[①]。

“外语您也很精通啊！”

我一边将书还给博士，一边向他投去敬佩的目光，博士却摇了摇头。

“无论哪个领域都一样，世界在日新月异地变化着嘛。如果连外文文献都看不懂，还谈什么研究呢。而且单纯为了阅读的话，只要掌握大约 5 国语言，稍加努力便能阅读 30 国语言的书籍。”

“30 国语言？！”

我虽然学过多种语言，却没有一个是精通的。听到刚才那些话，我差一点对眼前这位穿白大褂的人产生了完全的信任。这可不行，我马上又绷紧了神经。

“好了，咖啡。”

只见咖啡过滤器里已有七八人分量的咖啡。博士请我坐在房间中央的沙发上，自己往托盘上的两个咖啡杯里倒

① 格林定律，又译格林姆定律或格里姆定律，是一项用来描述印欧语语音递变的定律，由德国语言学家雅各布·格林提出。

满咖啡，端了过来。我用的是有杯碟的普通待客杯子，博士用的是超大马克杯。

“我通常只喝黑咖啡，你要加糖和奶吗？”

“那就加点奶吧。”

博士端着托盘扫视了一圈后，又呵呵地笑了起来。

“哈哈哈，我给忘了。这么说，我这儿根本就没有糖和奶啊。”

我不知是否该跟他一起笑，便犹豫着接过了香气扑鼻的咖啡。

既然没有糖和奶也就只好如此了。我喝了一小口这种黑咖啡。大概是用了不少重烘焙咖啡豆研磨而成的咖啡粉吧，咖啡又浓又苦，但很好喝。

“超心理学是一门不折不扣的学问。其论据是在欧美存在我刚才说的那些大学和研究所，超心理学已得到了社会的广泛认知。但相比之下，日本文部科学省对待超心理学的态度实在是差劲。”

古濑博士坐在沙发上边咕嘟咕嘟地喝着咖啡边感慨道。

“对于我刚才列举的那些国外的研究所，至今还没有固定的日文翻译，这说明了在这个国家里，该领域并未被当作学问吧。因此，我接下来的工作之一便是将超心理学变成一个科学领域，并争取在日本大学的心理学科中设立超心理学专业。”

这时，有人轻轻地敲响了研究室的门。博士说了声“请进”，门便打开了，一个戴着银边眼镜的胖乎乎的青年探进头来。

“是内山同学啊，有事吗？”

大概是看到屋里有我这么个面生的客人吧，这位名叫内山的同学犹豫着要不要进来。于是，古濑博士站起来走到门口，两人在门口交谈了几句。

“知道了，回头我去看看。”

“拜托您了。”

胖乎乎的青年有点腼腆地鞠了个躬就离开了。

“有什么急事吗？”

我觉得有点不踏实，开口问道。

“没什么，是用于操作性条件反射实验的老鼠不进食的事。这些情况都属于实验的范围，他好像还不明白这一点。”

古濑博士苦笑着说。

“这么说，是普通的心理学实验了？”

“是啊，普通的心理学。”

古濑博士爽朗地哈哈大笑起来。

“我并不是懒得照料老鼠，明年我就50岁了，打算逐渐地将精力倾注到超心理学的研究上去。而且，我必须尽快设立超心理学专业，争取到大学的预算，还要另外设立一个研究室。为了培养接班的研究人员，还必须设立硕士和博士课程。若不这样做，我国就永远无法摆脱在超心理学研究方面的落后境况。尽管我们是一个如福来博士那样伟大的先驱者辈出的国家。”

福来博士我是知道的。以福来博士的意念摄影实验为主题的小说曾经是畅销书，并被翻拍成了电影，至今我还记忆犹新。

一定是我露出了不置可否的表情，古濑博士又一次呵呵大笑起来。

“不好意思，你今天可不是来听我发牢骚的，对吧？”

“哪里，这些也很有意思啊。只不过这些话您不该对我说，对文部科学省的官员说不是更有用吗？”

“哈哈哈，说得对，说得对。”

博士大声地笑着，举起大马克杯要喝咖啡，可是杯子早就见底了，我才喝了不到三分之一。博士说了声“对不起”，便站起来去过滤器那里又倒了满满一大杯黑咖啡。

博士恐怕是重度咖啡因成瘾，原来他冲这么多咖啡是给自己（和我）喝的吗？

“怎么样，你还是觉得超能力不可信吧？”

博士端着咖啡回来，重新坐到沙发上后立刻切入了正题。我曾经在聚会上对他说过，我是个超能力怀疑论者。

“其实我小时候是无条件相信的。因为它在当时可特别时髦呢。”

我只说了这么一句，古濑博士便明白了我想要表达的意思。

“啊，你是说那件事吗？”

那是我上小学时候发生的事。一个大肆宣扬自己拥有世界公认的超能力的以色列人来到了日本，在日本电视节目中进行了表演。他展示了用意念掰弯勺子等各种各样的超能力技能，这个节目在黄金时段创下了惊人的收视纪录。于是，超能力变成了一股社会热潮，在摄像机前说自己也拥有同样的超能力，并表演用意念掰弯勺子的日本超能力少年层出不穷。

“记得那时候，一到吃饭时间，无论哪个班都有学生把勺子举到眼前，嘴里念念有词。特别是在收看这档节目时，看到妈妈已经坏了的旧手表在我手里重新走字时，我这个小孩子已经完全相信了超能力是真实存在的。”

不知是第几次了，那位超能力者在表演时对在起居室里看电视的观众说：“如果家里有坏了的、不能走的表，请拿到电视机前来。下面我将通过电视机电波向每个家庭传送意念力，让这些坏了的手表重新走字。”这家电视台还在直播时段里，接到了来自日本各地观众打来的表示惊异和赞叹的电话，说一直不走的表果然开始走字了。

“那是老掉牙的把戏了……”

古濑博士露出遗憾的表情说道。

“但是他的讨巧之处在于，每当这个时候他就说‘请电视机前的各位观众，将表拿在手里和我一起祈祷它重新走起来’。由于这一句话，自己家的表重新走起来的那些人，认为自己和家人说不定也拥有超能力而欣喜若狂，相反，家里的表没有走起来的人，则会深信之所以没有走起来，是由于自己和家人祈祷得不够虔诚抑或是祈祷的分量不够。

他就是这样让自己处于若获得成功，功劳全部属于他，若失败了，也不需要负什么责任的不败之地。”

“很惭愧我们家属于前者，一家完全被其控制了，我们兄弟俩在那之后的很长一段时间内，只要是有超能力的节目，必看无疑。”

我苦笑着说道。

那位超能力者后来在美国被人告发行骗。超能力者提起了诉讼，但最终以败诉告终。现在人们几乎不再谈论那个超能力者了。其实，当时那种需要上弦的老式表，往往会由于表内构件的机油凝固，润滑性变差而停止走字。只要把表放在手里暖一下，或摇一摇，它便会暂时恢复走字（事实上妈妈那块手表在我手里恢复走字三天后又停了）。而那些如雨后春笋般涌现的能用意念把勺子掰弯的日本少年的超能力，在那之后也无一例外被证实为是骗人的把戏。

“无论在哪个时代里，电视节目的功过都是很大的。那个以色列人即使是在那些冒牌超能力者当中也属于相当幼稚的，但当时我们国家的超心理学研究就是这样落后，以至于全日本都被这么个人给欺骗了。”

“因为他的骗术不高明吗？”

“比他性质还要恶劣的骗子大有人在。”

古濑博士遗憾地说。

“电视节目的功过虽然还不止这些，但是最让人担忧的就是把超能力和超自然现象、神秘现象、灵异现象等混为一谈。他们把心灵感应和UFO、灵异现象全都放到一个电视节目里。这对于我们研究者来说是相当头疼的。比如说，我是一名超心理学研究者，但是我对UFO和灵异现象等全然不信。上个世纪风行的降灵术等骗术，现在已经被揭穿了，而作为一介科学工作者，我认为就算宇宙中有人类以外的智慧生命体存在，由于星球之间的距离太遥远，双方即便有接触也只能通过电波来进行。”

“这些现象确实不可同日而语。”

“另外还有一个严重的问题，就像刚才说的那个以色列人那样，电视台明明知道他是骗子，还对他加以袒护。为了博取收视率就可以不管不顾，什么节目都做吗？这样下去骗子当然层出不穷了。而且只要有一个骗子存在，就会造成我们对上百个真正的超能力者产生怀疑。其结果就是，真正的超能力者因疲于面对质疑而逐渐隐藏起自己的能力。”

“的确如此。”

“如果只是隐藏能力还好说，可怕的是，他们有时会因此而失去这种能力。钢琴家如果一周不碰钢琴，琴技便会有明显的退步，这一点人人都知道，可对于超能力者人们则十分苛求，认为无论何时何地，都可以随心所欲地使用其能力。二者同属于特殊能力，人们这么想不是很奇怪吗？”

“大概是因为人们认定超能力者等同于超人吧。至少，钢琴家是不能与其相提并论的。”

“这便是世人的巨大误解。所有的能力都是通过开发和训练才能开花结果的。超能力者绝不是超人，他们不过是拥有某些特殊能力而已，除此之外与我们并无差别。既然是普通人，他们也就无法避免作为生物的宿命。到时间他们也会肚子饿，到了晚上他们也会困。当然，他们也不可能长生不老。如此说来，不使用的能力便会渐渐退化这一特性，他们也在所难免了。”

“的确如此。”

我点了点头。从这样的角度看待超能力的确蛮新鲜的。

“听您这么一说，是不是可以这样理解：超能力的真正敌人并不是怀疑论者，而是那些冒充超能力者的骗子。”

博士摇晃着头，又喝光了一杯咖啡。

“但是就在那件事后不久，电视上又出现了一位荷兰的超能力者，他通过透视说中了当时一个下落不明的女孩所在的位置，您对这件事怎么看呢？”

我这样问道。这种能力便是“接触感应”，他一来到日本便出演了电视台的节目，在现场直播中，他看了下落不明的女孩的照片后，就透视到了女孩现在的位置，马上表示“很遗憾，这个少女已经不在人世了”。当然，他并不知道日本的地名，只是画出了一个地图。这个现场直播节目在夜间黄金时段播出，因此第二天一早，天刚亮，电视台的工作人员便奔赴那个地图所画出的地方，结果他们比警察还早一步在超能力者画出的地点找到了溺水而亡的少女尸体。

然而，不可思议的是，本应令人感到震惊的这一透视在当时并没有引发多大的热议。大多数电视节目只是播出了发现女孩尸体这一事实，并没有报道有关荷兰人透视的任何情况。由于对此事件进行现场直播的电视台，是曾经因直播掰弯勺子等特别节目而获得高收视率电视台的强劲对手，以及该电视台于次日的早间娱乐节目时间转播尸体被发现的消息时，主持人淡淡的口气等等，竟然有人臆测电视台早就知道了尸体的所在地点，事先告诉了荷兰人，更有甚者，竟然出现了杀害女孩的真正凶手就在电视台内的谣言。警方现场勘查的结果表明，女孩是在玩耍过程中自己失足跌落湖中的，总算是否定了最后一种说法。

“他是真正的超能力者，这一点毫无疑问。刚才介绍的乌德勒支大学的研究所其实是为研究他一个人而设立的。”

博士突然收住了笑容，目不转睛地盯着我。

“那么他为什么未受到人们的关注呢？”

“因为他是真正的超能力者啊。人们害怕真正的超能力者。对于将勺子掰弯，或是让坏了的表重新走字，人们会觉得有趣。然而面对真正的超能力者时，人们心中就会产生难以表达的恐惧。消除这种偏见也是今后我们必须要解决的重大课题之一。”

博士说完，缓缓地站起身来。

“现在我带你去实验室吧。”

3

正如预想的一样，推开那扇蓝色的门，另外一个房间便映入眼帘。

我一踏入那间屋子便惊讶地瞪大了眼睛。房间里摆满了平时见不到的新奇道具，让人产生走进了现代艺术展览馆的错觉。

我最先注意到的是用透明的丙烯酸制成的大约 30 厘米长的塔状物体。仔细一看，那是个细长的筒，中间有许多梳子齿状的木质突出物。底部有三个骰子，分别是 3、4、1 的数字面朝上。

“这是 PK，也就是所谓的意念移物（靠意念驱动物体）实验的道具。”

博士这样说道，并按下了旁边的开关，随即响起飞虫扑闪翅膀般的声音，塔的下半部分开始缓慢上升。圆筒的中间安装有支柱和电动机，在电力驱动下，圆筒旋转起来。

不久，被推到顶部的骰子碰撞着中间的齿状部分，好似弹子球的珠子一样落到了底部。

“下面，你一边默念自己喜欢的数字，一边按下开关试试看。”

“数字是多少都可以吗？”

“都可以，不过因为是三个骰子，所以一定是3到18之间的数字。”

“那就14吧。”

我在心中默念着14按下了电动机的开关。圆筒又开始旋转，骰子在圆筒里面不停地转动。

三个骰子分别是6、5、2，合计是13。

“啊，可惜了。再试一次。”

真的是“可惜了”吗？除14之外的所有数字不都是“没中”吗？我这样想着又试了一次。

这次是4、3、3，总计是10。还是与默念的数字不一致。

“不过这是个很好的创意。我听说过在专门从事骰子赌博的赌徒当中，有人能够每次都将骰子扔出自己预想的数字，但由于不能直接接触到骰子，所以不算是作弊。”

听到我这样说，博士愉快地回答道：

“是吧？这可是我自己做的实验道具。”

“是博士您自己做的？”

“是的。丙烯酸板和电动机是在东急手创馆[①]里买的。”

我忍不住笑了出来，可是博士对我的反应却感到很奇怪似的。怎么，现在不应该笑吗？

在刚才那个道具旁边放着一个金属板盖着的小箱子。

“这是什么？”

“这是制造完全随机数的随机数发生器。”

这个箱子是与电脑相连接的。博士按下显视器的开关，黑色屏幕上出现了两位数的绿色数字，闪烁了几秒钟便消失了。过了一会儿，又出现了两位数，几秒钟后又消失了。

“虽说是随机数，但一直以来随机数发生器都无法制造出真正意义上的随机数。由于冒充超能力者的无耻之徒大都比正常人的智商高一倍，在反复进行实验的过程中，有人甚至能看透随机数发生器的规律。因此这种机器中采用了稳压二极管。一旦稳压二极管发出电子杂音，机器便会检测到，于是高速运转的电子计数器便会停止工作。由于

① 东急手创馆，是日本一专门售卖家与DIY用品的连锁居家生活百货公司。

稳压二极管何时会发出电子杂音完全不可预知，也就是说有可能提取出真正的随机数。”

“不好意思，您说的稳压二极管到底是什么呢？”

“二极管是指仅可以单方向传输电流的零件。但是若从反方向施加电压，当电压超过一定值时，也可以传输电流，因此把它叫做稳压二极管。之所以使用稳压二极管，是因为它能够频繁地发出噪音。也曾经有学者尝试使用锶 90 释放出的 β 粒子，但由于操作难度大，我试着将其改变成了现在这种形式。”

“真的需要如此严谨地进行实验吗？”

我惊讶地问道，博士则很淡定。

“当然了。”

“那么这个仪器到底能检测什么能力呢？”

“这个实验可以同时检测两种能力。当我们获得有意义的结果——我们称之为‘有意结果’——的时候，实验者作用于稳压二极管的意念致使计数器停止的情况，即是 PK 实验。而通过特殊能力提前推测出将要生成的随机数的情况，则是 ESP 实验。”

“那么，所谓 PK 和 ESP 的意思是……”

我战战兢兢地反问。

“你暂且理解为超能力的两个支柱吧。PK是所谓的意念力，即不直接接触便能对外界施加物理性作用力的总称。而ESP是指不通过五官获得外界信息。通常人们会认为ESP等同于心灵感应，其实心灵感应只是ESP的表现之一。能够读取周围人的心思叫做透视；能够看到远方亲人的思念叫做千里眼；能够看出未来人们的情感叫做预知。目前超心理学研究的趋势是将这些能力统一称作ESP，而不是分别研究。”

“原来如此。”

古濑博士对于初学者也能够这般诚恳耐心地讲解，使我对他不得不生出好感。但是这和相信超能力是两回事。

“那么，请将你想到的两位数在这里打出来吧。这次是从0到99一共100组数字。”

我坐在显视器前开始了实验。

我最初想到的还是14。一听到两位数，我首先就想到14。也许是因为以前我的学号多半是这个数字的缘故吧。据博士说，仪器也有这个习惯，为了解决这个问题，他还费了不少脑筋呢。

“还是换个数字比较好吧？”

“不用，不用。”

博士笑着摇摇头。

“你现在只要把想到的数字说出来，所以，选择自己喜欢的数字吧。”

原来是这样啊。我输入 14 后，静静地等着。

可是，显示屏出现的是 89。

我又输入了一次 14，心里想着这回一定要中。

可是，显示屏出现的是 51。

别一条道走到黑了，我输入了 60，这个数字是突然冒出来的。

显示屏出现的是 03。

连边儿都没挨上。

博士鼓励我不停地尝试下去，我就一个接一个地在电脑里输入着两位数字。

第 300 次的时候，机器自动停了下来。只听一个低沉的声音，从机器后面出来一条记录纸。

“300 次中 2 次啊，比平均数值低了一点，不过不用在意。”

博士一边看记录，一边安慰道。

“我不在意，反正也不觉得自己有什么超能力。”

“起初大家都这么想，不过不知道自己有超能力的人多着呢。”

“谁知道呢。至少我从来没有过第六感，买彩票从来不中，也不会读心术，我觉得自己一点点超能力都没有。”

“再做做其他实验吧。”

之后，我在古濑博士的劝说下，又使用其他仪器进行了实验，其结果就没有必要在这里赘述了吧。总之，正如预想的那样，我是不具备任何超能力的。

“走，去喝杯咖啡，换个心情吧。”

我虽然喜欢喝咖啡，可是一直在保温状态下的咖啡比刚才还要浓，这么一想，我实在没有自信能够喝光那杯黑乎乎的液体。我提心吊胆地问：

“对不起，可以给我一杯水吗？”

4

“哟呵，看样子老兄还是在瞎编小说哪。”

有马一边大声说着一边走进店里。由于他的大嗓门，连旁边桌子的客人都吃惊地看着我们。

“哪儿惹着你啦？”

我苦笑着说。

“眼下还可以勉强看下去，可是，这么写没问题吗？最后能不能写出个结局呀？”

大学时代的好友——读书家有马，是我最好的读者，同时也是最严厉的批评者。

“这个嘛，不写到最后，怎么知道啊。”

我歪着头笑着回答。小说刚开始连载，即便是再好的朋友，再好的读者，也不能过早披露小说的情节。

“还保密呀？你要是不写圆满的话，我就投诉报社，要求退还订报费！”

“反正你也是在办公室里看的吧，自己又没有花一分钱。”

“那倒也是。”

有马嘿嘿地笑了。

“而且，你对‘结局’也太在意了吧。没有结局的小说不是多的是吗？”

这家伙所说的“结局”，就是起承转合的“合”。的确，小说应该有某种形式的“结局”。如果读者读到最后还是不知道罪犯是谁，也不知道犯罪手法，或者主人公在揭露出黑帮组织之前就死去——当然不排除个别例外——是不能算作小说的。

然而，纯文学呢？纯文学作品大多不存在什么“结局”。非但如此，有一种纯文学，其故事性是非常单薄的。当然，我并不是想要评判孰优孰劣。在现实人生中，某个事件有起承转合，最后完满收尾，反而是很少见的。随着时间的流逝，最后不了了之的情况比比皆是。因此，既然纯文学标榜描写人生的真实，那么，没有“结局”也是理所当然的。

但是，有马一直坚持即便是纯文学，也应该有“结局”。其“结局”如果在理论上没有破绽，而且出人意表的话，有马便大呼过瘾，称之为杰作。即便不太出人意表，但多少揭示了新的人生哲理，能够窥见主人公的成长轨迹，有马会放言还过得去。有马最讨厌的，就是没有起承转合。就是说，煞有介事地铺开情节，最后没有收拢就结束了事，或者并没有解开谜团，扔下一句“剩下的请各位读者自己去想吧”了事。他激烈批评：“作者或许不愿意承认，但美其名曰‘相信读者’，实际上是在逃避。”他的根据就是，像三岛由纪夫或谷崎润一郎那样的作家，会把小说写得结局模糊，将最后的评判全都扔给读者吗？那只不过是作者掩饰自己创作能力不行的托词而已。

“这个不用你操心了，我当然会写结局的。只是能否写好，就要写着看了。”

“唉，读者也太可怜了，不得不看你这种家伙的小说。当然也包括我在内。”

“你可以不看啊。”

“可是吧，一旦开始看起来，就特别想知道后面的发展。虽然作者其实是想到哪儿写到哪儿的。”

“你就宽容一些吧，根本就没有一成不变的人生。想到哪儿写到哪儿，在某种意义上说更接近真实的人生……”

于是，有马脸上露出了发自内心的惊讶之色。

“你脑子没毛病吧。正因为人生不如意十有八九，人们才想要通过电影或小说之类的虚构作品，看到完美的结局啊。你小子连这都不懂，还写小说哪！”

我不觉缩起了脖子。

大学时代曾经主宰文学小组的有马，从那时候起就博览群书，精通古今文学作品，我是望尘莫及的。那个小组虽然没有搞创作，但大家互相推荐好书，看过之后一起进行评价，非常认真，就连我这个不太热心的组员，也托小组的福，看了很多书，受到了很多激励。我不否认，自己之所以像现在这样靠写小说糊口，也是因为受了这个小组的巨大影响。文学部所开的文学课程，大多是干瘪的老教授冗长地讲述如今没有人看的陈旧作品的细枝末节，与通过探讨文学作品获得的喜悦相去甚远，因此，小组活动就格外重要了。

有马在那个小组里是神一般的存在。在发掘好书方面他非常有天分，常常给大家介绍没有人知道的书，每本都十分有意思。当然，他对于拙劣作品会严厉地加以批评。由于都是同学，难免会发展成激烈的争论，但是无论多么白热化，有马的看法一向都是掷地有声的，我和所有组员都预测有马将来会成为小说家。

然而，不知为什么，有马一直没有写作的意愿（曾经听说他使用笔名写作，但本人坚决否认），奇妙的是，一直瞻望着畏友才能的我，竟然先一步成了卖文之徒。

“估计你是没有读过的，标榜后现代主义的欧美当代小说里，光借用了推理小说的体裁，连关键的解谜都没有，如此偷工减料的小说多如牛毛。甚至有的家伙将其作品吹嘘为‘新的世界文学’，看不起认真结尾的小说。我对那种家伙的作品，打心底里反感。”

“嗯。”

然后我俩像以往那样传杯弄盏，海阔天空地聊起来。从国际形势到世风日下，杂七杂八的话题都会谈到。有马对每一个话题都会发表一通一家之言。

聊得差不多了，我从皮包里拿出一样东西给他看。

“你看看这个。”

“这是什么……”

有马一看到它，就皱起了眉头。

“回头再给你解释，你先看一遍。”

有马想要说什么，但还是决定先看了再说，便读起那封信来。

有马茶色的眼珠起初转得比较快，然后越来越慢，眉头随之皱起来。

我给有马看的不是别的，正是香坂诚一前几天寄来的那封谜一样的信。

我打算听一听别人的意见，对我来说，除了这位畏友，没有其他人可以考虑了。

有马仔细地看着香坂诚一的信，不出我所料，看完之后，他满面狐疑地问：

“这是什么玩意？”

“你怎么看？”我立刻问道。

“这封信真的是通过邮局寄来的吗？”

“是啊。信封上还有邮戳呢。”

“那么，对香坂诚一这个名字，你有印象吗？”

“我没有叫这个名字的朋友。”

有马果断地说：

“那就没什么可说的了，肯定是诈骗。这个人胡说什么想出了一个谁也想不到的点子，想要敲诈你一大笔钱呢。”

“真的是诈骗吗……”

“那还用问吗？他说的什么‘罪犯就是读者’的构思根本不可能成立，要是能够成立的话，古今东西的作家早就写了。”

“可是，那个人自豪地吹嘘他对此有足够的了解，才想出了这么个谁也想不到的构思。”

“哼。”

有马抱着胳膊继续说：

“从《奥德赛》和《伊利亚特》[①]说起，叙事诗的历史已有数千年，当然二十一世纪的现在，没有人写叙事诗了。比起它来，推理小说的历史还不到200年，迄今为止谁也想不到的终极构思，说不定还在哪里沉睡着，不过至少这个人想出的这个点子我不能认可。”

“为什么呢？”

“什么为什么……你冷静地想一想啊。‘罪犯就是读者’，无论怎么玩命地琢磨，也是不可能的呀。”

“这么说……”

“如果你明白我说的话，为什么是这副表情呢？莫非你相信那个骗子的鬼话？”

“怎么会呢。”

我慌忙摇头否认。有马看着我的眼神里透着轻蔑。

---

① 《奥德赛》和《伊利亚特》均为荷马史诗，讲述特洛伊战争第十年，希腊英雄奥德修斯在特洛伊战争中取胜及返航途中的历险故事。

“你嘴上这么说，心里才不是这样想的。真可恶。所以说你是没有才能的作家，居然会上这种当。”

“也没有上当啊。”

“这不等于上当了吗？为了寻找小说的素材，这才被这样的一封信给迷惑了。要是忙于写作的作家，这种莫名其妙的信，早就扔进纸篓里了！”

被畏友这般呵斥，我根本无言以对。的确如此，把素不相识的男人的来信，如获至宝似的带来给第三者看，还征求对方的意见，到了这个程度，或许可以说是上当了吧。

“这封信是什么时候寄来的？”

“看邮戳呀。”

我指着信封正面的邮戳，有马眯起了眼睛。

“嗯……那么，后来呢，第二封信呢？”

有马一边说，一边打开信封往里看，还翻过背面对着天花板上的电灯瞧起来。大概他是想找有关写信人来历的信息吧。其实我也像他这样找过多次了。信纸上没有水印，没有任何可以了解对方的线索。

“还没有寄来。”

“我说的对吧？跟你打赌也可以，他不会再寄信来了。”

“但是，如果是敲诈的话，按照一般人的想法，应该会不停地来信吧？而且没有留下自己的地址也很奇怪。即便我想要跟他进行交易，也无法取得联系啊。那我还不急死了。”

“你傻呀。没有写地址，是为了不被警察抓到，这不就是诈骗的证据吗？你产生了兴趣，迫切想要知道那个点子的时候，对方就会慢慢来和你接触了，他是这么打算的吧？”

“可是，如果是诈骗的话，没有提出具体金额也很奇怪啊。”

“你要是这么说，那就退一百步，假设他不是诈骗吧。那么他打算干什么呢？”

我哑口无言。

“我就是想知道这个，才问你的呀……”

“哼，不是诈骗的话，就是恶作剧呀。毫无疑问的。”

“恶作剧？可到底是为了什么呢？这么复杂费事的恶作剧……”

我看着那些一笔一画写得十分工整的字问道。

“恶作剧不需要任何原因。愿意花费时间和精力，即使得不到一分钱也要做，不就是恶作剧吗？”

“这么说的话也对……”

“好吧，我就再退一百步，假设他既不是诈骗，也不是恶作剧。那个人可能真的想出了‘罪犯就是读者’这么个谁也想不到的点子，要跟你做交易。可是，下一封却迟迟未来，该怎么解释呢？”

“这个……”

我不知该怎么回答，有马继续说下去。

“他错了。那个叫做香坂诚一的人，犯了一个大错误。”

“错了？”

“是啊。我认为，‘罪犯就是读者’，是有人为讽刺本格推理小说已经走进了死胡同，而编出来的。就是说，让千万人认可‘罪犯就是读者’的手法，不管怎么想都是不可能的。”

有马自信满满地断言。

“为什么不可能呢？简单地说，因为读者存在于作品之外。这个男人在这封信里所说的例子，不管是被害者还是侦探、事件的叙述者、动物或是自然现象，其本身的确是出人意料，但它们都存在于小说中，然而读者所处的位置与它们是完全不同的。”

“嗯……”

“其实，过去也有‘罪犯就是读者’这种推理小说，但是这个问题没能解决。把存在于作品之外的读者硬拉进作品中来，而且还设定为犯人，这怎么可能？”

“怎么，以前也有人尝试过吗？”

我这么一问，有马吃惊得瞪大了眼睛。

“你可真是孤陋寡闻啊。当然，也不是一天两天了。真叫人无语，就你居然还能当作家。”

两个人之间的关系，只要没有特殊情况，就会和刚认识时一样，一直持续不变。我这辈子是没指望不挨他训了。

“有是有的，这个人不是也在信里写了‘时至今日，至少在一般人认知的层面上，能使这个构想得逞的作品还未出现’吗？就是说，尝试是有过的。这毕竟是推理小说作者想挑战的课题。”

“那么，以前是怎样使读者成为犯人的呢？”

“即便是好友，我也绝对不会剧透，这是我的原则。不过碰上你，没法子，就告诉你吧，不过作品名字恕不奉告了。比如说，读者不是一般的读者，而是一个读者。”

“这是什么意思？”

“就是说，整篇小说是业余侦探写给犯人的信。这样的话，不就是‘罪犯就是读者’吗？总之，不是把读者设定为犯人，而是把犯人设定为读者。”

“哈哈，有道理。可是这种小说不是只能针对某个读者吗？”

“你先听我说！这是受到高度评价的一种尝试——在描写连环杀人案的作品中，它犹如通奏低音一样，暗示了‘神秘莫测的怪物’。”

“神秘莫测的怪物？”

“是的。经过种种努力，终于破解了作品里面的连环杀人案，揭开犯人及其犯罪手段之后，在最后的最后发生了这种犯罪。这是源于人类内心潜在的寻求悲剧的欲望，换言之，真正的犯人，就是现在正在看小说的你——其中一个登场人物突然一回头，告发读者。”

“哦，原来是这样。”

“你怎么又是一句‘哦，原来是这样’啊？这部小说可是被誉为反推理小说的代表作呢。当然，小说里面的一般推理部分也很精彩，所以才这样称呼它。”

大概因为我不怎么兴奋吧，有马继续说。

“如上所述，‘罪犯就是读者’的构思，已经在某种程度上得到了实现。不过，我这种矫情的读者也想发表一些不服。推理小说的构思，必须得严谨而公正。即便‘罪犯就是读者’的构思是可能的，可如果只限于某个读者的话，就不算成立。只有当所有读者看完小说后，在合上书之际，都会觉得‘罪犯就是我’才行，否则构思就不成立——这是我的看法，你觉得呢？”

“我，我当然同意啦。”我点点头。

“既然如此，你就能明白‘罪犯就是读者’的点子是绝对不可能的吧？我说他错了，就是这个意思。只凭着一点点想法，也不想想有没有可能写成小说，小说是不是面向所有读者等等，就异想天开地写信给你了。但是过了几天，他冷静下来一想，意识到了荒谬，于是感觉羞耻，根本就写不出第二封信了。”

有马伶牙俐齿地说道，一刀将写信的人斩成两段。

“写信的人是个业余推理小说迷，这点毫无疑问。不过，为了说明本格推理小说的衰退，在现在这个年代，居然还翻出爱伦·坡来，可见是个相当铁杆的推理迷。他似乎看过所有经典之作，而且还看了不少像‘罪犯是死人’那样的——比方说把死人的手指放在手枪扳机上，等到尸体僵硬后，就会自动扣动扳机之类的——相当脱离常规的推理小说。或者说，只不过看了几本‘出人意料的罪犯大全’吧。在那种入门书中，一定写着给推理小说界留下的最后一个不可能实现的难题是‘罪犯就是读者’。他大概是在某个失眠的夜里突发奇想，心血来潮地给你写了这封信。但是，过了一段时间，他发现了其构思的缺陷，仅此而已。所以我认为他不会再给你写信了，我可以跟你打赌。”

我默默地看着有马的脸。

“你怎么这表情啊，好像有什么不满呀。”

“没有啊，怎么会呢。”

我找不到合适的话反驳有马。我缓慢地拿起眼前那封信，放进了皮包里。

最后，那天晚上，由于有马公司次日放假，我只得陪他喝了一夜的酒。虽说近来我尽量不这样喝酒，但想到连载期限还没到，喝喝也无妨。

Ⅱ

1

一打开玄关的门，就看见小不点以送我出门时同样的姿势，蹲在同样的位置上，一见我就抬起两条腿跟我亲热。早上才回家的尴尬，加上说不定让它等了一整晚，使我不禁有种负罪感。

小不点是我家养的一条小柴犬，别人都说这名字好怪，其实是借用我小时候养过的一条狗的名字，确切地说，它应该是小不点二世。小不点一世原来叫“小小”，渐渐地叫成了“小不点”。

“我估摸着你也该回来了。”

在客厅里边喝茶边看报的妻子淡淡地说道，并没有责备早晨才回家的丈夫。

“为什么？”

“因为一直趴在桌子下面的小不点，刚才悄悄爬起来去了玄关。”

妻子说着瞅了一眼小不点，我抚摸着它的脑袋，叹息般回答：

“看来它还没有傻到等一晚上啊。”

“半夜十二点半的时候，它去过门口，后来就回客厅了，一直趴在桌子下面。”

“这么说，你昨天夜里也那么晚睡？”

我惊讶地问。

妻子和我不一样，属于百灵鸟型的人，一般 10 点左右就睡觉了。

“我也不是特意等你。”

妻子不客气地说。

“看着电视剧，不知不觉就到那个时候了。”

这倒也是，结婚十几年了，现在要是妻子还说什么等我到很晚的话，我也不自在。

“真是怪了，它怎么知道我什么时候回来呢？不可思议。”

我再次抚摸着小不点的脑袋。

已经不是第一次了。小不点总能知道我回来的时间。最初我以为是狗特有的敏锐听觉和嗅觉，能够捕捉到很远的脚步声或气味，可是似乎并非如此。我在工作室加班到很晚，打算在那里住下不回家了，打电话告知时，“我就猜到会这样”，妻子好几次这样回答。

我问她为什么会猜到，她说“因为守着玄关的小不点，刚才垂头丧气地回屋里来了呀”。不可思议的是，小不点似乎不但知道我什么时候回来，甚至还知道我决定不回来了。昨晚我和有马喝得烂醉，心想反正难得，索性喝到天亮吧，这么决定差不多是半夜十二点半。本打算出来迎接我的小不点算到我今天晚上不回来了，便回到客厅里了吧。

说是那个时间，也只是个大概时间。不过，一两次的话可以说是偶然，问题是这种情况一再发生，到底是怎么回事呢？

“其实是小不点与众不同。凡是养狗的人，大都感觉自己与狗有过心灵感应。”

心灵感应……我眼前浮现出古濑博士的面容，点了点头。此时被我抚摸脑袋的小不点摇晃着尾巴，舒服地眯着眼睛。这家伙要是能听懂人话，我真想问问它到底是不是有心灵感应——

人类姑且不谈，经常听说动物具有预知能力或心灵感应能力（用古濑博士的话说，这两种能力只是 ESP 的两种表现形式而已）。我看书上说，有一种实验，制作一个在正中间打个隔断，动物可以自由往来的笼子，把老鼠等动物放入其中，随机给其中一边通电。谁知，大多数动物会预测到下次会在哪一边通电，采取了躲避电流的行动。此外，根据英国的调查，伦敦的 65 家兽医院，其中 64 家因频繁被客户取消给猫做绝育手术而苦恼万分。通过了解，原来每当猫的主人考虑今天该带猫去做手术的时候，刚刚还在房间里的猫咪就不知去向了。而剩下的那家兽医院，则因为不堪取消预约，干脆规定不允许预约。

"咱家的小不点能看穿我的心，我却不能看穿它的心，太不公平了。"

"为什么这么想？这不是很正常的吗？"

妻子再次抬起头。

“鸟能在空中飞翔，人类能吗？鱼能在水里待着，人行吗？人类位于生物链顶端的说法，不过是人类的自以为是。”

“话是这么说，可是……”

我心有不甘地嘟哝着，又看了一眼小不点的脸。小不点哼了一声，用湿漉漉的鼻尖蹭我。

“有什么消息吗？”

我去厨房，喝了一杯水，然后在妻子的对面坐下来。妻子一向喜欢看报，即使没有重大新闻，每天早晨的这个时间也会看报纸的。

“没有重大新闻。股价又创新低，名神高速公路发生撞车事故，内阁支持率又下跌了……”

“嗯。”

“还有就是，新宿的南美人被害案，还没有抓到凶手。”

“南美人被害案？哦，我差点忘了那个案件……”

那是两周前发生的案件。被杀的是哥伦比亚人，据说是贩毒组织的老大级人物，案发时报刊上曾经大肆报道。但是，在如今犯罪频发的时代，只要没有犯人被捕等新消息，人们对该事件的关注度就会逐渐减弱。相比之下，在无数的事件之中，妻子只提及此事，令我略感吃惊。

妻子把报纸叠起来放在桌子上后，突然表情严肃起来：“我跟你说，听说秀秀到底还是住院了。”

“住院？”

“是啊。我很担心呢，可是又不方便去看他。”

秀秀是我家楼下的本多家的独生子秀幸君。父亲长年出差，母亲不知在忙什么，总不在家。秀秀是个非常敏感而善良的孩子，不光是白天，晚上也常常一个人在家。我们夫妇因为自己没有孩子，在电梯里遇到他的时候，常常跟他打招呼，给他点心吃，还叫他来家里玩，给他辅导功课。当然这些交流只限于他小的时候，自从升上私立中学后，他就不来我家了。问题是，他不仅仅是不来我家，也不去学校或其他公共场所了。

秀秀成了“家里蹲”。妻子曾多次去楼下的本多家看他。有一次，一向对儿子放任不管的秀秀母亲对妻子说“你们不要再纠缠我儿子了”。妻子两眼红红地回来了。尽管秀秀母亲没有明说，但言外之意是儿子之所以变成现在这个样子，都是受到了我们不好的影响。

“他父母带他去看医生了吗？”

“好像去了，医生说是患上了社交恐惧症。”

“原来是这样。”

我回想起不久前在公寓的走廊上看到秀秀时他那阴暗的表情。当时我跟他打招呼，他却马上跑掉了。

妻子看着我，好像在等我说点什么。

因为她知道我现在正在写以社交恐惧症为素材的小说，还看了几本这方面的专业书。

我的中学同学里也有一个有着类似症状的人。我萌生了写他的想法，可是至今还没有写出来，只写了个开头，就一直压在书箱里了。

“老公，让那孩子住院，对他真的有好处吗？”

见我什么也不说，妻子忍不住问道。

“秀秀几岁了？”

“16了，已经是高中生了。”

“他能上高中吗？”

“当然了，因为那是初高中一贯制中学啊。只是高中他也没去几次……”

“这样的话，就更不容易去学校了，偶尔一去，大家反而会不适应。”

“据说他一步也不离开房间，连饭也要给他送去，而且只能送到门口。只要打开门稍微往里看一眼，他就会大吼‘不许看’，还扔东西出来。”

“这样啊。这么说，也许他还患有视线恐惧症吧。”我回答。

这是一种害怕被人看的症状，也许还包含了青春期特有的“恐丑症”。

许多人对此有误解，其实社交恐惧症并非单一的症状，而是各种症状的综合名称。举几个我知道的例子吧，比如不敢和人对视的“视线恐惧”，动不动就脸红的“赤面恐惧”，在人面前写字就颤抖的“写字痉挛”，全身不停颤抖的震颤，一说话就结巴的口吃，害怕和人对话的“闲聊恐惧”，在他人面前无法吃东西的“会餐恐惧”等。

“秀秀那么老实善良的孩子，真是不公平。”妻子叹气道。

“嗯，不过从某种意义上来说，正因为是老实善良的孩子，才容易得这种病。”

实际上，秀秀是一个对自己很严格的孩子。为了引起父母的关注，他的学习成绩在班上总是名列前茅，还以优异的成绩考上了一贯制私立中学。

如果一直保持好成绩的话，自然是好事，但是他不可能总是这样努力地学习。有时候没有考好，秀秀就仿佛看到了世界末日似的，脸色很难看，说些不能原谅自己的话。

这是个危险的信号。从成人的角度来看，小学或中学的成绩好坏不重要，倒是跟朋友玩在一起，埋头于自己喜欢的事更重要。我们也这样对他说过，可是没有能够说服他。过分追求完美的孩子是很容易患上这种病的。

“既然他父母带他去看医生了，可见情况已经很严重了。”

我情绪低落下来。那时候如果口气硬一点就好了。可是，毕竟是人家的孩子，“不要整天学习，多玩一玩”这种话实在无法说出口。

“可是，住院的话，会不会适得其反呢？他得的不是社交恐惧症吗？住院的话，和外界的接触就没有了，不是更好不了了吗？”

妻子说的不是没有道理，但我们夫妇也无法帮那孩子做什么。

我劝妻子说：“你担心他我理解，现在也只能相信医生了。”

“可是……”

妻子听我这样回答，大概很失望吧，不再继续这个话题，起身去了厨房，于是我拿起妻子放下的报纸看起来。没想到，就在我和有马喝酒瞎聊的一夜之间，这世上竟然发生了这么多事。

我看了南美人被害案的后续报道。事件发生在本月初，当时的报道是，在西新宿的一个废弃大楼的某房间里，有人发现了哥伦比亚人的尸体，他的心脏被扎了一刀。凶器已被带走，血淋淋的现场没有留下任何线索。

之后就没有新的消息了，只是刊登了哥伦比亚人之间的火拼，或者是日本黑帮组织寻仇等臆测报道。就在前几天，方向一转，报道称，一个从事贩毒的日本人于事发当晚失踪了。由于他是重要证人，警方正在追查他的下落。在今天的报纸上，以“嫌疑人借了高额高利贷”为题，刊出了那个日本人跟放高利贷的借了很多钱的报道。

当然，现在还不能断言那个人百分之百就是犯人，名字也没有公布。自从有了“媒体侵害”这个词语以来，嫌疑人被逮捕或通缉之前，警方不再公布嫌疑人的姓名了。

然后我翻开报纸中间那页，看了连载小说那一栏，前天我用邮件发给编辑部的拙作一字未改——那是理所当然的——登载在那里。

2

我从窗口看着抱着黑色皮包的邮差从公寓的大门出去后，才走出工作室，去一楼的信箱拿信。

一般来说，我是不会因为邮差来了就中断工作下楼去拿信的，可是现在却有点坐立不安。

前面我已经说过，挂号信的话，镰田老大爷会直接送到我房间来。但这次未必还是挂号，也可能是普通信件。

正如我预想的那样，看到信箱里香坂诚一的来信，我就如同收到了朝思暮想的女人写来的情书一样，心情万分激动。

说实话，无论有马怎么说，这个星期我一直是一边写连载小说，一边不由自主地焦急等待着香坂诚一的第二封来信。

信比上一封厚多了。我拿着信赶忙回到房间。

今天我准备好了开信刀。前几天我在抽屉里找到了它，事先拿出来放在了桌子上。我深吸一口气，打开了信封。

信封口被整齐地裁开了。和上次一样，先掉出来的依然是用蓝色墨水写的信。

您好。

上次非常冒昧地给您写信，实在失礼了。

我相信您肯定看了那封信。

既然上封信那样结尾，按理说应该尽快给您写第二封信的，可是最近实在抽不出时间。

实际上我也有我的烦恼。

对素昧平生的您，我一定写了很多非常失礼的话吧？是不是应该中止跟您做交易呢？我反复这样问自己。

可是，我还是给您写了第二封信。

现在的我，对于构思的执念是那么强烈，使我不得不提笔写信。

那么，言归正传吧。

关于“罪犯就是读者”这一谜题，您猜到一些了吗？

说不定您以为我只是心血来潮吧？

这个愚蠢的人，凭着根本不可能写成作品的荒唐点子，就想一步登天——您大概是这么想的吧?

您这样想我也没有办法，但是既然给您写第二封信了，就说明我的这个想法绝对不是心血来潮，那么，到底是怎样的点子呢?

当然需要特殊条件。凡是被称为侦探小说名作的，背景大多在远海的孤岛、被大雪封闭的山庄，或是中途不停车的国际特快列车上。那些状况并非单纯的背景，而是计谋的一部分。我的这个计谋成立的条件确实特殊，但并不是绝对不可能、荒唐无稽的。

下面就来谈谈费用吧。

我的这个创意值两亿元，一分钱也不还价。

如果您有意接受我的条件的话，下个星期天，在《东西新闻》的第三版上，刊登一个“母病危，尽快联系，太郎”的广告即可。

重复一遍，我的创意值两亿元。作为推理界垂涎三尺的终极创意的费用来说，算是很便宜了，您觉得怎么样?

只要得到了创意费，您怎样加工它我概不干涉。而且，我在上封信里也写了，一旦作品化之后，从第二天早晨开始，对于该作品的任何权利我一概放弃。我向您保证。

当然，您对于跟我这么个来路不明的人进行如此大数额的交易心存怀疑，我完全能够理解。因为我和您既没有见过面，也没有说过话，纯粹是陌生人。

我在上封信里写过“我觉得总有一天有机会向您介绍我是个怎样的人”。

我想现在机会来了。这次我写了个很短的备忘录，随信一起寄给您。文章很稚拙，内容也令人羞愧，但是为了让您了解我的为人，请务必过目。

香坂诚一　敬上

看完信，我简直瞠目结舌了。

居然敢要价两亿元。真是狮子大开口啊。

这个男人真的以为会有出这么大一笔钱的冤大头吗？

仅仅凭着这么个构思，就连能否写成作品都不知道呢。

这次香坂诚一仍然没有留下自己的电话号码和住址。

也就是说，我只要选择是否在这个星期天的报纸第三版上刊登那条广告了。

我翻过背面一看，唯一能够显示他的所在地的，就是信封上的邮戳了。

山形中央邮局的邮戳。

第一封信是东京中央邮局的邮戳。说不定这家伙一边跟人谈两亿元的买卖，一边去采了个樱桃呢。

我看了看信封里面，有一叠把信封撑得鼓鼓的信纸。我把信封口撑大，取出了那叠纸。看来它就是在信末尾提到的备忘录了。

信是三折，这个是四折，怪不得那么厚呢。打开一看，密密麻麻写满了工整的字。墨水和信纸都一样。

说到里面的内容……

算了，比起我转述，还是直接看原件吧。

3

香坂诚一的备忘录（1）

那个孩子把塞满烟蒂的烟灰缸翻过来，直勾勾地看着里面的烟蒂散落了一地。然后，他把烟灰缸扣在一片狼藉的烟蒂正中央，将小手指伸进薄薄的烟灰里，在地毯上涂抹起来。

不一会儿，小小的手指就变成黑黢黢的了。孩子自己都觉得脏，就去了洗手间，打开水龙头，把手弄湿后，像苍蝇那样搓了搓手心，在睡衣腰间擦干了手。于是，绿色的睡衣上留下了一道黑印，宛如涂了一笔抽象画。

回房间继续睡觉的话，至少可以躲过早晨这段郁闷至极的时间，妈妈的矛头会转向爸爸。他知道昨天晚上，爸爸一个人在起居室里看电视看到很晚。

他实在受不了每天早上妈妈为了鸡毛蒜皮的小事对他训斥个没完没了。

不过，这个恶作剧更大的意义在于，他想要确认自己的顽皮会对大人产生多大的作用。虽然他才 5 岁，但已经拥有了自己独有的乐趣。他打算把只要自己不说，就永远无法弄清真相的秘密装满自己的脑袋。

之后几个小时，孩子做起了梦，梦中充斥着宇宙飞船和已经灭绝的生物。当楼下传来父母的争吵声时，他就穿着拖鞋，慢悠悠地走下楼梯，一边听着妈妈的尖声叫嚷，一边揉着眼睛坐在了餐桌前。他咬了一大口烤面包，面包渣纷纷掉下来。他又喝了一口温吞吞的麦芽饮料，把嘴里的面包咽下去。要是能不吃面包光喝酸奶该多好啊。可是那样的话，妈妈的尖叫声会震得耳朵疼，已经发生过好几次了。

他从起床到现在一句话也没有说。当他正要吃第二口面包时，爸爸一边把报纸叠起来，一边对他说话。好像是问了他一句什么，他根本没有听。他尝试着摇了摇头，爸爸就没有再问什么。

少年吃完早饭，换好衣服，戴上幼儿园的小黄帽，走到玄关，穿上黑色漆皮鞋，扣好鞋扣后，走出家门，踏上小花坛四周的砖头，确认妈妈还在家里后，就使劲踩了一脚花坛中刚刚发芽的花草。每当看到被自己踩倒的花草马上又直立起来，他就觉得十分沮丧。对于少年来说，植物的旺盛生命力，就是他憎恶的对象。

少年决定每天早晨都去踩花坛里的第二排花草。他打算实验一下，它们和没有被踩到的第一排和第三排花草会有多少差异。

不久，一辆车停在了家门前。后座上坐着一个同样头戴小黄帽的小女孩。像往常那样，看着晨间连续剧的妈妈出来对开车的叔叔夸张地鞠躬问候。妈妈和女孩的妈妈是朋友，她们以有利于情操教育为由，主张把孩子送去郊外的基督教幼儿园。因此，女孩的药师父亲不得不承担了每天早晨去药店上班前送两个孩子去幼儿园的活儿。

少年默默地坐在了女孩子身边。女孩子面无表情地说了句“早晨好”，少年从干燥的嘴唇里费力地挤出了一声“嗯”。

车子开动了。少年颇有兴致地望着车窗外闪过的风景，尽管每天都一样——

少年极端害怕自己显得跟别人不一样。如果有人说他“这个孩子跟别人不一样”，他就会感到犹如被人发现了自己的病灶一般。

少年总觉得自己也许是别的什么人梦中的出场人物。当那个人从梦中醒来的时候，自己就骤然消失了。少年这样想象着，每天从幼儿园回家时，都非常非常慢地走在护城河周围的石子路上，这已经成了每天必做的事情。说不定迈出下一步时自己就消失不见了，有可能就是下一步。

除此之外，他总是给所看到的各种东西数数。走到公交车站有多少块石砖，从自己身边驶过多少辆汽车，车窗外闪过多少根电线杆。每次他都记住数到多少个了，第二天接着昨天的数。

少年最早的记忆要追溯到他 1 岁的时候。

少年的右脚上有个伤疤。听母亲说，那是他刚满 1 岁的时候，妈妈因为有事才离开片刻，他就被炉子上的开水壶烫伤了。

那次事故的原因不清楚。因为火炉四周围着防止水壶坠落的铁丝网。母亲也说不知道是怎么搞的。可是少年（尽管对事故本身记不得了）却有着视觉记忆——开水犹如电影慢镜头一般洒落下来。

铁壶丝丝地冒着热气，壶盖咔哒咔哒响着。孩子在炉子周围爬来爬去，突然响起了撞击声，他抬起头来，看到水壶掉落下来。

紧接着，掉到地上的壶盖被摔飞了，开水冒着腾腾热气，像白鱼一样从壶里猛地飞溅出来。白鱼们在地毯上活蹦乱跳，那是一派非常美丽的景象。

随后少年感到仿佛有几万个小人一齐用细针扎他的脚，一阵万箭穿心般的剧痛使他昏了过去。

醒来时，他已经躺在医院的病床上了。

这些记忆是真实的吗？很遗憾无法这么断言，因为那时他才1岁。也许是长大一点之后，把妈妈告诉他的故事加以改编，当作是自己亲眼看到的罢了。

但是，有一点可以肯定，那就是从这件事少年知道了自己的身体不过是痛苦的载体这个道理。自己的身体会感到疼痛，不是自己的身体就不会感到疼痛——少年首先将世界分成两个，环顾四周，他发现“自己的身体”少得可怜，而“自己以外的身体”非常多，令他感到很兴奋。这是因为对于少年而言，“自己的身体”是最主要的痛苦之源，是必须唾弃的东西。

从那以后，它们有了各自的名字：脚脖子、腿肚子、阿基里斯腱、膝盖、腿、胫骨……尽管它们被自己腿上的一长条疤痕连接起来，却被词语大卸成八块，让少年十分茫然。为什么要把一个整体分割得那么零碎，分别起名字呢？他理解不了这一点。

但是，少年在这个领域的反抗没有坚持多久。他所见到的东西全都有名字，而且不得随便给它们改名字。只要重复大人们告诉自己的名字，他们就高兴。虽然晚了些，但少年终于懂得了这个道理。

由于白天要上班，少女的爸爸只能早晨开车送他们上学。少年回家的公交车回数券[①]总是夹在幼儿园衣服名牌的后面，以确保不会丢失。

下了公交车后，他有时候直接回家，也有时候在遗址公园的护城河边溜达。一看到护城河的水面上有浮萍，少年就会扔石子，被石子砸到后浮萍会沉下去，不一会儿又浮了上来，少年万般不解地看着这种生命体的运动。没有比生物对生的执着更让少年感到不可思议的了。

他关注的不仅是生物。被风吹动的树梢，清清水洼里的水纹，沾在树叶背面的晶莹闪烁的水珠——

“你在看什么呢？”

回头一看，是住在附近的阿姨。

“喂，我问你看什么呢？”

少年常常觉得莫名其妙。为什么大人要这么问自己呢？为什么就不能不去管他呢？如果淘气的话，大人会皱起眉头，嫌自己烦，可是安安静静的时候，他们又问你怎么了。既满足大人们的期待，又能做自己想做的事，简直

① 用一次撕一张的车票。

就像走钢丝那么难。

孩子一直对自己所处的环境逆来顺受。因此，少年懂事以后，对于惠利佳总在自己身边也没抱有任何疑问。

少年和少女白天在一起堆积木、看画册，因此傍晚各回各家，反倒觉得有些奇怪。这样的教育方式，可以预防独生子的自闭倾向，除了这个堂而皇之的理由之外，恐怕在两位妈妈闺蜜看来，两个人轮流看孩子一天，具有可以让自己从家务中解放出来的巨大好处吧。

少年对于惠利佳生来就比自己优秀得多这一点深信不疑。惠利佳个子高，在跑跳方面也强，最主要的是惠利佳能够很轻松地做到少年绝对做不到的事——和大人说话，以及说出自己想要的东西。少年就是做不到这一点，在大人面前一向说假话。不过，他并非为了欺骗大人，只是不想让大人看穿自己的真实想法而已。想吃草莓的时候，就说“想吃香蕉”；头疼的时候，就说“肚子疼”。少年觉得被大人看穿自己的内心是最令他羞耻的事情。而且他觉得其他孩子或大人对于被别人那样说三道四，自己的欲求被别人知道也丝毫不以为耻，感到非常不可理解。

这个少年，也有着别人模仿不了的特技。

那就是伪造四片叶子的三叶草。

每次都是惠利佳提议寻找四片叶子的三叶草，少年和少女就把红色和黑色的书包并排放在路边和草地上，在草丛里扒拉来扒拉去的一直找到天黑。

如果找到了真正的四片叶子的三叶草，就不需要伪造了，但是怎么也找不到的时候，少女就会焦急万分。因为少女对幸福并不是那么在意，但对于不幸，却有着十分清晰的概念。

把三叶草的叶子轻轻剥下一片来，叶子会从茎的部分撕出一层很薄的丝线般的皮，将这片叶子缠在三叶草的茎上，就变得像四片叶子似的。那片叶子被三片叶子夹着，从上面看，绝对看不出，少年的手法就是这么精巧。每次少年都假装和惠利佳一起寻找，在惠利佳寻找的草丛里，做出假的三叶草。

“找到了！”

很快惠利佳就看到了，大喊起来。惠利佳即便找到了四片叶子，也绝对不会摘下来。所以，少年的把戏没有露过馅。因为惠利佳固执地相信，虽然找到四片叶子是幸运的，但是若把它摘下来据为己有反而会招致不幸。不知她是从哪个大人那里听来的。

那一天，他们在水车小屋后面的空房子里寻找起来。据说原来住在这里的是看水车小屋的一家人，但不久前成了空房子。腐朽不堪的房子除了偶尔被流浪者当作栖身之所外，一切任凭大自然去解体。屋子的地面杂草丛生，麻雀或乌鸦自由地飞进飞出于破烂的房檐。

不一会儿，惠利佳就接二连三地找到了象征幸福的叶子，当然这些都是少年做出来的。空房子内部比外面昏暗，因此少年能够比平日更加大胆地制作假叶子。有时候少年会自己发现自己做的假叶子，这都是为了不让她产生怀疑——

“这里真多啊。”

“嗯。”

“我决定，下星期咱们还来这里。”

“为什么？”

“因为下星期，四片叶子就长大了呀。”

少年语塞了。因为以前，他们从没有一个地方去过两次。下周来的话，得不到水分也得不到养分的叶子一定会干枯的。

于是，惠利佳肯定会意识到，以前的那些四片叶子也都是假的——

在下星期去看叶子的前一天，少年很晚才回家。父母问他去哪里做什么了，他就是不说一句话。

惠利佳拐过街角往右走去，一言不发地走向河边。沿着河边往上游去，远远看见了水车小屋。在这个寒冷的地区，由于品种改良，水稻已经普及，用于碾压麦穗的水车小屋已经不需要了，现在只剩下这一个。

一到冬天，这条河就结冰，水车也停止了转动，水车的每一根木头上都挂着冰凌，如同小刀一般垂着。要是从结冰的河面上走近它，能看见在厚厚的冰层下面，小鱼们非常欢快地游动着。

惠利佳加快了脚步。

"你……你要去哪儿？"

"上次去的地方呀，不是跟你说了吗。"

河流将倒映的夕阳分成好多条，交织流淌着。在透明的水中，被染成通红的婚姻色[①]鲑鱼仿佛与两个孩子竞争似的，躲避着河床的石子，飞快地溯流而上。

看到水车小屋了。可是今天的水车小屋前面，站着很多身穿藏青色衣服的大人。大人们排成一列，面朝水车小屋那边。

“你们不能过去。”

戴着警帽的警察叫住了两个孩子。这位警察自认为很受孩子喜欢。他警帽上的徽章在夕阳下闪着昏暗的光泽。

“人都烧焦了。”

“喝醉了……大概是抽烟引起的吧。”

“也可能是在里面烤火。”

围观的大人们有了些松动，以孩子的身高也能看到前面的情形了。

那个空屋子被烧得一干二净，只剩下了一具烧成黑炭的残骸。

---

① 有些鱼类雌雄具有不同的体色，在繁殖季节出现鲜艳的颜色，特别在一些雄鱼上更加突出，待生殖季节一过，鲜艳的颜色便消失了，这种色彩称之为婚姻色。

两个孩子沿着河边原路往回走。少年判若两人，不停地说着些有的没的。

他们发现了路边一片从来没有找过的草丛。白色的小花摇曳着，宛如一群白羊。

少年站住问道：“找吗？”

“以后不要再撒谎了。”女孩子扔下一句，没有停下脚步，也没有回头看少年。

少年木然地站在原地，久久没有动弹，凝视着渐渐走远的女孩子背上的红色书包上下颠着。夕阳将河面染成了一片红色。

4

“你刮胡子了？”古濑博士微笑着迎接我。

“您上次不是说，你刮了胡子来比较好吗，所以就……”

我望着博士睡得乱七八糟的头发说道。

“今天做实验的两个人，我也是第一次见面。是一个朋友介绍来的双胞胎姐妹，他已经多次实验过了，说是可以打包票呢。”

“这可太让人期待了。”

空谈不如实证。我今天来，是因为博士邀请我来参观一下感应能力的实验。

经过上次的测试，我已经知道自己没有任何超能力了，同时也理解了为什么古濑博士竭尽所能，采取各种方法探索超能力的研究。那么，在这位博士的客观实验里，如果能够得出偶然所无法说明的结果——借用博士的话来说，就是“有意的结果”——的话，就不得不承认那个人确实具有常人所没有的能力了。我不但嘴上这么说，心里也异常兴奋。

我之所以成为现在这样的怀疑论者，都是拜那个伪超能力的以色列人所赐，使我产生了逆反心理。可如果是真正的超能力者的话，我想亲眼见识一下的心情绝对不落人后。

由于离实验开始还有一段时间，我和古濑博士喝起了咖啡。我一边喝着黑咖啡——相当浓烈——一边请教了秀秀的事。再说一次，古濑博士的公开身份是“心理学家”，精神医学和心理学只是研究的方法不同，但是在研究人的心理这一点上是共同的。

“我虽然不是医生，但如果我是你的话，也会让孩子去看医生的。”

博士单手拿着马克杯，这样回答。

“我也赞成看医生，只是我的妻子非常担心。她说，由于秀秀得的是社交恐惧症，让他与世隔绝的话，不是会加重病情吗？”

“夫人的心情我很理解。精神方面的疾病需要隔离有几个原因，比如，你有没有听说过感应性精神病这个名词？”

“没有。”我摇了摇头。

“一个精神障碍患者被置于亲子或兄弟等亲密的人中间，会引发出一致的症状。一旦处于这样的状态，精神方面的疾病是很难治愈的。因为每当双方接触时，妄想就会被强化，癫狂会被扩大，因此，即使其中一个人有所好转，也会立刻恢复到原来的状态。”

“这样啊。”

“邪教团体的信徒们，对于其教义坚信不疑，在外人看来简直荒唐无比，让人难以置信，这便是佐证。那些教团的信徒大多在远离人群的地方过着集体生活，与教团之外的人毫无接触，或是极其有限地接触，这当然是控制教团的人引导的。”

“是的……”

“解决办法只有一个，就是把抱有妄想的人隔离开，绝对不让他们相互接触。对于忧郁症患者来说，有很多只是脑内的 GABA 没有正常工作而已，因此住院以后，正确服用抗精神病药就有可能改善病情。所以说把去看精神科、住院或隔离统统看作不利的治疗是不对的。我虽然不是医生，但也能够这样断言。”

“有道理。”

我点点头。把博士的话告诉妻子的话，她也多少能放心了吧。

接下来我对博士说起了小不点。我并没有添油加醋，只是如实地介绍了我家养的狗似乎能够感知我回家的时间。

于是古濑博士很得意地点了点头。

“动物的超能力几乎是百分之百的。凡是养过宠物的人差不多都有过一两次狗狗或猫咪感知到主人内心的经验。恐怕那位文豪也不止一两次感觉到呢。还有就是，现在大家仍记忆犹新的苏门答腊岛海啸，虽然造成了 20 万人丧失宝贵生命的惨剧，但在这场灾难中，还发生了大象救人的事情。”

“是凭借超能力吗？”

“在日本的报纸上也报道了，我还接受了采访呢。地点是距离震源约500公里的泰国普吉岛。岸上用于游客观光的大象们在地震发生的当地时间上午八点，一齐发出奇怪的叫声，把周围的人们吓了一大跳。大约一个小时后，大象们驮着骑在它们背上的观光客突然朝着高处奔跑起来。有的大象甚至在奔跑途中，还用长鼻子卷起步行者放在背上的坐席里。之后没过多久，大海啸就袭击了普吉岛海岸，在海滩上的大约3800名观光客几乎都被海浪吞没了，骑在大象背上被送到高处的人们可谓九死一生，捡回了一条命。”

“这就说明大象有预知能力吧？”

“还不能断定，但一定具有人类所没有的特殊能力。总之，动物的超能力已经得到了学者的论证，研究专著也出版了好多本。不局限于灾害等特殊环境，金枪鱼群在海里同时倒游也证明它们不是靠视觉信息的。倘若看见前面的金枪鱼翻身，自己也翻身的话，传达到最后一条鱼应该花费许多时间。可是，实际上从鱼群的先头到末尾，所有鱼几乎在同时翻身。只有一种可能，就是有某种信号在水中传播，整个鱼群都可以接收。”

“常常听说，在轮船沉没几天前，老鼠就跑掉了。”

不料古濑博士却摇了摇头。

“这个稍微牵强了些，我反对把它算作一个证据。首先，还没有轮船沉没之前和沉没时的老鼠数量的准确数据。况且，即便真的发生了这种现象，也不能否定老鼠是凭着正常的听觉听出发动机的微妙变化，从而事先察觉到了轮船有故障的可能性。如果把这种道听途说作为超能力存在的证据来宣传，反而会给怀疑论者提供绝好的反证机会。”

“说得对。”

我很钦佩博士。对于支持自己学说的佐证，一般人巴不得采纳呢，而博士仍然尽可能科学地研究超心理学。

“现在咱们该走了。”

博士看了看手表，一口喝光了墨汁一般的黑咖啡，站了起来。

“我带你去通讯实验楼。”

“实验不是在里面的房间进行吗？”

"不是。"

博士说着走出了房间。我们走出研究大楼，横穿校园，经过图书馆、食堂、保健中心后，学生一下子少了，眼前出现了一个奇特的四方形水泥建筑物。

走进建筑物里，沿着清一色水泥墙面的煞风景的走廊往前走，看到了一扇如同剧院似的双层门。打开门后，是一个约9平米的房间。四方形房间的三面墙涂成了白色，剩下的一面全是镜子。墙壁上写着巨大的黑色A字，安装着一个信号灯般的三连灯。镜子前面放着一张长方形桌子，一头有一把椅子。桌子上用黑色布帘从正中间隔成两段，在桌子的斜上方，两边都能拍到的位置上，架着一台摄像机。

"这个房间叫做booth[①]。这里是booth A。"

古濑博士看着镜子说道。尽管他看到了映在镜子里的自己，却没有整理他那头乱七八糟的头发。

走出booth，我们继续在走廊上往前走。途中看到防火灾用的沉重的金属门，打开门后，又是走廊，走到头又

---

① 展示场所。

看到了一个双层门。

打开门一看，是和刚才的 booth 一模一样的 booth。

“这个房间是 booth B。结构和 booth A 一样，但这个房间的墙壁是涂成黑色的。”

墙壁上的 B 字则是白色的。

“顺便说一下，booth A 和 booth B 之间的墙壁厚达 4 米。而且两个 booth 都安装了特制的隔音设备。即便芝加哥交响乐团和合唱团全体进入一个 booth 里，演奏柏辽兹[①]的《感思赞》，另一个 booth 里也什么都听不到。”

我笑了。我听说博士是个铁杆古典音乐迷。柏辽兹的《感思赞》是一部乐队阵容极为庞大的名曲，而芝加哥交响乐团则是自索尔蒂爵士担任指挥以来以震撼力获得最多好评的交响乐团。当然了，从 booth 的大小来看，最多只能装下管弦乐四重奏吧。

然后我们又沿着来时的路往回走，穿过防火门再往前走，这回出现了如同小电影院那样，椅子朝着同一个方向摆放的小房间。只是椅子前方并不是银幕，而是一整面墙

---

① 艾克托尔·路易·柏辽兹，法国作曲家，法国浪漫乐派的主要代表人物。

的大玻璃。

我大致已经猜想到了，从这里可以同时看到A和B两个booth。两个booth里安装的镜子，其实就是审讯室里的那种单向透视玻璃。

“这个单向透视玻璃也是特制的，经过了彻底的隔音处理。这里发出的声音在booth里也完全听不到。”

“这里可以听到那边吗？”

“直接听不到，但可以通过麦克风来听。”

“明白了。”

“过去的通讯实验，通常是让实验对象离得很远。但我认为这正是问题所在。使用潜水艇，或是在大陆与大陆之间进行等等，实验者离得越远，研究者就越是只能监测到其中一方。一个研究者为了公平地观测发信者和收信者双方，至少需要这样的设备。”

博士以得意的口吻说道。能够在大学里建造这样一流的研究室，可见博士所说的创立超心理学专业也指日可待了。

“两个booth的颜色不同，是什么用意呢？”

我交替看着白色房间和黑色房间，问道。

“一个原因是，为了让观察者绝对不会把A房间和B房间看错。人的感觉有时候很不可靠，右边房间发生的事，过了些时日，就以为是左边房间里发生的。但是，颜色给予的视觉印象是很强烈的，因此，把白色房间发生的事误认为是黑色房间发生的可能性非常小。当然所有的实验都会通过摄像机记录，但仍然需要减少观察错误的努力。”

“有道理。”

“当然不止是这个理由。以后还会进行各种实验，比如周围墙壁的颜色是否会影响到能力的发挥？尤其是白色房间，通过灯光变化，房间可以变成粉色或绿色，如果证实墙壁的颜色会影响到能力的发挥，在开发一般人的能力时，这个实验结果也会有用的。”

“嗯……”

我再次发出赞叹声。果然不出我所料，他并非出于兴趣想要证实超能力的存在，而是为了开发人类的潜能，让所有的人都能够使用超能力，存储相关研究资源，建设一个更美好的世界。

这时，两位穿着白大褂的年轻男子分别走进两个booth里，好像是博士的助手。

随后，两个女孩子分别进入 booth。一看就知道是双胞胎，两个女孩子都算得上是美少女。看样子两人在同一个学校上学，穿着同样的校服。由于发型和发带颜色不一样，好歹可以区分两个人，可如果两人交换发型和发带的话，恐怕连她们的父母也会叫错名字。此外，还能勉强找出的不同之处，就是 booth B 的少女的裙子稍微短了一点吧。

“谁是谁呀？”

“你想问什么？”

“谁是姐姐呢？”

博士好容易才明白我的意思。

“booth A 里的是姐姐多华子，booth B 是妹妹熏子。”

好像听到了我们的对话似的，名叫熏子的妹妹突然冲着我们做了个鬼脸。

她们应该是知道这个实验楼的构造吧。按说她们听不到这边的声音，也看不到我们，可我还是不禁有些慌乱。

以前就听说过双胞胎之间有着某种心灵感应似的东西，尤其是当其中一方遇到生命危险时，另一方会感知到。或是一方受重伤，离得很远的另一方也会感到那个部位很疼。

我不清楚是否真有这种事，但并肩漂浮在母亲的羊水里，吸收同样的养分的双胞胎在降生之前就在胎内有所沟通并非不可能。而且在胎儿期间，偷偷制造了只有自己才知道的某种感应器官也有可能。

不过，我以前问我的双胞胎朋友，有没有这样的经历时，他俩一笑置之。

“怎么可能啊？”

“那都是电影和小说里瞎编的。”

我问他们，你们之间没有感应，是不是因为你们没有受过重伤或遇到过真正的危险呢？

“你也不想想，虽然我们俩的DNA设计图一样，但出生之后，我们是靠着各自的呼吸器官、消化器官、循环系统长大的，现在看的书也不一样，对食物的喜好也不一样，喜欢的女孩子也完全不一样，就是说我们是完全不同的两个人啊。”

“你也别那么较真了，就因为我们是双胞胎，总是被别人这样探究，烦死人了。”

我被他俩一左一右呵斥了一顿。我没有想到他们会对此事那么反感，赶紧道了歉。不过，二人这等异口同声，可见到底是双胞胎啊，我本想这么说，最终还是咽了下去。那么，今天这对姐妹会怎样呢？

我这样思忖时，又有几个人走进我们所在的房间里。领头的是个穿西服的男人，一对中年男女紧随其后，后面跟着一个休闲打扮的男人，拿着带三脚架的摄像机，他后面还跟着一个助手模样的年轻男子。这伙人都坐在了能够同时看到两个 booth 的正中间的特等座上。

“她们是一对美少女双胞胎姐妹，据说电视台近期要拍她们的专题节目。其实，这个实验过程也可能会出现在那个节目中。”

我回头瞅了他们一眼，那个休闲打扮的摄影师正把摄像机镜头对准我们这边。博士马上压低了声音。

“我并不想和媒体扯上关系，但这是事先说好的进行本次实验的条件，没有办法。”

“您让我最好刮了胡子来，不会是为了这个吧？”

“正是为了这个。”

博士镇定自若地点点头，他的头发仍然乱糟糟的。我本想提醒他推迟五分钟开始实验，去整理一下头发。可就在这时，准备工作快速进行着，不一会儿，两个女孩子便坐在了各自的椅子上。

隔着桌子上的黑布帘，女孩子和助手面对面坐在长方形桌子的左右两边。布帘右侧（助手那边）分别放着五张卡片，那就是所谓的ESP卡片。卡片由五种图案——星形、十字、四方形、波浪形、圆形构成，即使是对超能力毫无兴趣的人也见过。

这个实验并非让她们说出扣着的卡片是什么图案，因此，图案面是朝上的。只是这五张卡片的排列方式，在booth A和booth B里是不一样的。

不久，booth A中的信号灯由红色变成了绿色，然后姐姐多华子从五张卡片里小心地抽出了一张。

助手接过那张卡片，对着单向透视玻璃给我们看了一下图案，是波浪形。然后助手又把卡片还给了姐姐。姐姐把卡片贴近胸前，好像是为了集中精神而闭上了眼睛。

这时，booth B的灯也变成了绿色，轮到妹妹熏子选择卡片了。

熏子稍稍踌躇了一下，然后果断地将手伸向最左边的卡片。

那是一张十字。

我隔着玻璃看到后，心想“啊，拿错了”可是熏子的细长手指，在将要触及那张十字卡片之前突然改变了方向，拿起了另外一张卡片。

booth B 的助手举起那张卡片给我们看。

是波浪形，中了！

我听到有人发出重重的呼气声，是看着实验的那对中年夫妇发出的。

不过是第一次猜中，即便是完全随机的，也有五分之一的猜中率，现在就松口气也太早了吧，我正这么想着，只见 booth 里的黑布帘缓缓落了下来，两个助手重新排列了那五张卡片的顺序。

无论怎么想，booth A 和 booth B 之间没有一般意义上的沟通方式，即便如此，仍然很严谨地每次都更换卡片的排列顺序。

看上去这些卡片的顺序是两位助手自己决定的，booth B 的助手想了想，把已经放在最左边的卡片又换到了最右边。

黑幕再次升起来后，开始了第二次实验。多华子稍微犹豫了一下，这回选择了放在最右边的四方形卡片。和刚才一样，先交给助手，然后拿回来放在胸前，凝神冥想。

相比之下，熏子这边仍然迟迟没有选择。

她不停地揉着脑袋。

思考了约 40 秒之后，熏子选择了左边第二张卡片。

booth B 的助手面无表情地举起那张卡片给我们看。既然助手们根本看不到我们，自然也不会知道卡片有没有猜中。

可是，那张卡片——

太让人吃惊了，和多华子选择的一样，是四方形卡片。

房间里穿西服的男人站起来拍手，当然 booth 里是听不到鼓掌声的。

黑布帘落了下来，然后两个助手把刚才的图案记录在纸上。大概是为了让实验者对卡片没有偏好，总之，不让本人看到自己曾经选择过的卡片。

第三次，多华子想了想，选择了中间的星形卡片。

熏子闭着眼睛，仿佛在接收什么信号似的，慢慢晃动着白皙的脸，然后突然像小鸟似的啪地睁开眼睛，选择了最右边的卡片。

那正是星形的卡片——

5

休息时，穿西服的男人不停地吸着烟，这可苦了我这种对烟很反感的人。在 booth 里的姐妹俩很放松，从开衫毛衣的口袋里拿出随身听听起音乐来。尤其是妹妹熏子，大胆地交叉着健康的长腿，随着音乐摇晃着身体。二人一起轻声哼着歌，怎么看都是普通高中生，不像有特殊能力的人，不过，真正的超能力者大概就是这样的吧。

我瞅准机会向博士问道：

“我知道这很了不起，可是，这个实验并不能证明那对双胞胎有特殊能力吧？”

“噢，为什么呢？”

“因为姐姐选择的卡片，这个房间里的所有人都看到了。或许给妹妹传递了卡片图形信号的，正是这个房间里的某个人，因此不能够断定是被实验者的能力。”

“有道理。有可能是希望实试成功的人的能力导致的。”

博士接着说。

“但是，我们并没有祈祷她们成功，仅仅是在观察实验情况而已。你在期待她们成功吗？”

“我并没有……”

“对吧？当然了，即使你有所期待，也不会给予任何影响的。”

博士愉快地呵呵笑了。

“实际上这正是观察实验的条件。在上次的实验中，已经知道你没有任何超能力了，所以才允许你来观看实验的。”

原来如此。

“其他人——姐妹俩的父母、那个穿西服的电视台制片、摄影师和他的助手，即便这次实验是他们之中某个人的能力导致的，我认为也没有关系。在这个通信实验楼里，是不可能捣鬼的。从 booth 里绝对看不到我们，也听不到这边的声音。如果他们之中真有超能力者的话，我早晚会找到那个人的。”

不知不觉休息结束了，实验重新开始。

这回改变了顺序，由熏子发送信息，多华子接收信息。

实验重新开始前，booth B 的熏子大概是朝着这边的父母挥了挥手。她真的看不见这边吗？说不定她们不但有感应能力，还有透视能力呢。

可是，重新开始后的第一次没有猜中。熏子选择的是四方形，多华子选择了波浪形。

接着第二次也猜错了。

就在我想说不定换了朝向有所影响吧，第三次和第四次都猜中了。

第五次猜错了。

但是，从第六次开始，竟然出现了十六连中，这种结果不可能是偶然猜中的。

第二十次，终于猜错了。

但是从第二十一次开始，又连续猜中了。

不可思议的是，思考时间短的时候，往往命中率高。左思右想，犹犹豫豫，花费时间选择的话，反而容易猜错。

结束实验时已经是傍晚了。

说到实验的结果，只能说令人惊异万分。前后两次各进行三百次实验，一共反复进行了六百次实验，猜中率竟然高达 95%。

姐妹俩的父母，宛如他们自己使得实验成功了一般疲惫不堪地瘫坐在沙发上。对于实验成功最兴奋的是电视台的制片人，正询问摄影师是不是都拍下来了。

古濑博士打开厚重的门，走出了房间。

大约十秒钟后，他穿着白大褂出现在 booth A 里。

“辛苦了！得出了令人吃惊的数据啊。”

博士首先对助手和多华子说道，以表慰劳。

“是吗？”

多华子一脸疲劳的样子抬头看着博士。

“那就不说别的了，直接说关键吧，你是怎么知道妹妹选择的是什么卡片呢？”

“这个……”多华子摇着头，无精打采地回答，“反正就是知道。”

“能不能具体说说这种感觉呢？”

“这个……真的说不清楚。”

“是浮现在眼前，还是出现在脑子里？”

“都有。”

“那么，发送信息的时候你是什么感觉？看你发送信息、接收信息时都闭着眼睛。”

“发送信息时，我努力在心里想着那个卡片的图案。”

“明白了。那么发送信息时，有没有感觉刚才发送得好，或者发送得不好呢？”

多华子想了想：“这个……一般没有。”

真是不可思议，得知了实验结果她也没有表现出多么兴奋。也许对于她们来说，成功是理所当然的，没有什么值得特别兴奋的吧。多华子不时用手指揉揉眼睛，或是摁摁太阳穴。

“谢谢！你也累了，好好休息吧。”

博士这么说道，结束了和多华子的面谈。

从 booth A 消失的博士，十秒钟后又出现在墙壁被涂成一片黑的 booth B 里。

熏子一看到博士，就从椅子上跳起来，飞快地问道。

“结果怎么样？怎么样？”

原本就很短的裙子掀了起来——尽管父母在往这边看着呢。

“怎么样？猜中了吗？”

“嗯，得到了非常宝贵的数据啊。”

“数据是多少呢？”

“你先坐下。”

看样子就连古濑博士也拿这个熏子没办法。他面露为难的神色，抓住扑过来的熏子的肩膀，让她慢慢坐回椅子上。

“快告诉我，到底是多少呢？”

“了不起。95% 以上。”

“是吗？可是，不是 100% 呀。中途，有好几张看得很模糊，是这个原因吧？”

博士听了双肩一抖。

“能看见吗？你果然能看见卡片吗？”

“嗯，能看见。”

“是浮现在眼前，还是出现在脑子里？”

“都有。不过，如果发呆的话就没有，必须努力。”

“努力？”

博士的上半身又抖了一下。

“对，我觉得，大概是一种电波吧。”

“是电波？”

“对。别看手机那么小，不是可以和几百公里以外的人说话吗？我觉得有那么个东西存在于我们之间。但是，如果脑子里什么也不想的话就收不到。就像手机，如果拨错号码也接不到吧？我们和那个一样，不努力去接收就不行。”

“你说的那种努力，是什么样的，可以告诉我吗？”

“嗯，说明的话很难，反正就是集中精神，想象姐姐选择卡片的情景。于是先出现的是姐姐整个人，然后是姐姐手里拿着的卡片，虽然很模糊，但是将注意力全部集中在那个上面，就会变得越来越清晰，除了卡片什么都不想。”

博士连连点头。

“那么发送信息的时候呢？”

“发送信息的时候吧，会感觉自己变得越来越小，像被吸入卡片里似的，这样就能很好地发送出去。但是如果有意识想要发送的话，反而效果不好。”

“有道理。”

话说回来，虽说五官一模一样，但由于性格和表情不同，竟会让人感觉长相如此不一样。我隔着玻璃，饶有兴趣地瞧着筋疲力尽的多华子和丝毫没有倦容的熏子，二人有着天壤之别。

像我这样的怀疑论者，看到眼前令人惊异的结果，也不得不相信 ESP 的真实存在。

这对超能力姐妹的特别节目，很有可能在全日本掀起轩然大波吧。

而且，今天录像证明了姐妹俩的超人能力，以后还会被多次播放吧。

看来我还是应该提醒博士整理一下他的头发为好——

6

约定的时间是七点，可是过了三十分钟，有马还没有现身。我在八海山里，要了清酒和腌鱼，一个人小口喝着等着他。

结果，在我喝了一个小时以后，有马终于来了。

“等了一会儿?”

看到两个空酒瓶，有马问道。

“唉，没法子，你又加班是吧?”

今天是我非要约他喝一杯的，所以也不好抱怨什么。

“差不多吧。”

有马抬手招呼服务员。

“来个大杯扎啤。”他突然又改了主意，“算了，还是中杯的吧。”

然后他面朝我坐正，微微撅起嘴。

“喂，为那个事，你是不是走进死胡同了？你的故事老是东一下西一下的，叫人越来越摸不着头脑了！要是这个故事没有结局的话，你的作家生命就到头喽。”

有马开口闭口就是“结局”。以往的话，我肯定会进行反驳，但是今天我悠然地听着，并不表态，慢慢把手伸进了放在旁边座位上的皮包里。

“其实，今天约你出来，是有个东西想给你看看。”

“给我看？什么东西？”

有马露出奇怪的神色。

“上次你猜错了。”

“猜错了？”

“你说，不会再有第二封信来了。”

我一边说，一边慢慢拿出香坂诚一的信递给他。尽管我并没有做什么不得了的事，但从皮包里拿出信的时候，还是感到有些自豪，真不可思议。

“哟，还真寄来了？”

有马的表情仿佛鸽子挨了一弹弓——我有生以来从

没有亲眼见过鸽子挨弹子，可见这不过是所谓的文学比喻——他一接过信就立刻读了起来。

有马褐色的眼睛一边看信，一边快速上下移动着。

这个家伙现在虽然在一间不错的公司里工作，但从来没有主动谈起过自己的工作，即便我问起，他也总是自嘲地笑着说："唉，很无聊的工作呗。"

看完信后，有马哼了一声。

"我认输，我预判他不会再写信来的确是错了。而且这个人所说的'罪犯是读者'的点子，好像也不是他偶然想到或异想天开。从这封自信满满的信来看，只能这么理解。"

"怎么样？"

"这些我承认。不过，通过这封信，也可以说其诈骗的可能性更大了。因为他这回提出了具体的金额，而且张口就要两亿元，简直是漫天要价啊。这个男人企图以荒唐的点子为诱饵，骗取一大笔钱呢。"

"可是，如果是诈骗的话，他这么做不嫌费事吗？"

"倘若能够得到两亿元，写个一二百封信算什么呀。如果写两百封信能换来两亿元的话，就等于每封信赚一百万啊。”

“可那是成功以后的事了呀。”

“如果你让他把构思告诉你的话，即便是不值一提的点子，可是你既然听了，对方就会让你付钱吧。即使你说这点子用不上，他也会矫情地说，你多半是打算以后悄悄偷用吧。”

“这个我还不知道吗？可如果他是骗子的话，你不觉得他这么做很失败吗？诈骗这种事，一般来说，应该估算对方有可能拿出多少钱，设定一个对方出得起的金额吧？如果给得很痛快的话，以后再一点点提高，让上了钩的人对于金钱的感觉渐渐麻痹起来才好。可是像他这样一开始就狮子大开口，说实话是很笨的法子。”

有马嘴角浮出冷笑，说道：

“一开始要很多，以后逐渐降低也说不定啊。最初要两亿元的话，降到一亿元，人们也会觉得便宜的。”

“怎么会呢……又不是卖香蕉。”

“就是跳蚤市场卖东西那套呗。”

“都一样，两亿元即便降到五千万，我想也没人会买的。一千万的话，说不定还可以理解，对吧？因为现实中，有奖金一千万的推理小说登龙门奖。但是，在出版不景气的当下，为一个连保证都没有的构思，谁会愿意花两亿元？”

“你不就是吗？”

有马目光锐利地盯着我。

“我？”

我哆嗦了一下，捂住了胸口。

“是啊。你不就很感兴趣吗？”

“怎……怎么会呢？”

我慌忙加以否定。有马依然冷冷地看着我。

“否定也没有用。如果真的不以为然的话，又何必在工作日的晚上，把我叫出来喝酒，如获至宝似的给我看这封信呢？”

“我只不过是想告诉你你判断错了。”

被他戳到了痛处，我有些语无伦次。

“我根本就不打算跟他谈什么交易。”

“真是这样的吗？”

有马用怀疑的目光看着我。

“当然是真的。即便我是个缺乏想象力的作家，也不会落魄到那个地步。花钱来买别人的构思，像工匠那样加工成作品的作家，从前——大仲马的时代里——或许会有，可是我不愿意成为那样的作家。不是自己创作的话，即使被人赞美，也没什么可高兴的。那样当作家还有什么意思呢？”

我口气强硬地说着，渐渐发现有马的眼睛里已经充满了怜悯。

“忘掉这件事。君子不立危墙之下。”

“……”

“不过，看你的样子，恐怕是想要忘也忘不掉了。”

“那个……”我畏缩地开了口。

“什么？”

“‘罪犯就是读者’这种构思，也可能真实存在，你想过没有呢？”

于是，有马再次浏览了一下那封信，然后哼了一声。

“老弟，你还记得我上次对你说过的话吗？倘若一百万读者看了那部小说，只有当一百万读者全都是犯人，该构思才算成立。如果只有某个读者是犯人，其他读者不是的话，就不成立，对吧？”

“嗯……”

“再说了，不单是日语，假设小说被翻译成了外语，也必须能够成立才行啊。不管是在坦噶尼喀湖的湖畔看斯瓦西里语译本的褐色皮肤的坦桑尼亚青年，还是在加德满都看尼泊尔语译本的白发银须的老人，或是在比利牛斯的寂静深山中看巴斯克语译本的巴斯克年轻士兵，都必须达到同样效果才行。就是说，要让生长环境、语言、宗教等全然不同的读者看完之后，都同样这么想——犯人就是我——才行。毫无疑问，这种事是绝对不可能的。”

“这个，怎么说呢……”

我无言以对。

“更严谨地说，无论在任何时间空间里，小说都必须能够成立才可以。无论是作品一发表就读了的读者，还是十年二十年后的读者，再极端一点，二十二世纪、二十三世纪的读者，也必须成为犯人，否则这个构思就不能算成立。还没有在这个世界降生的人已经成为了犯人，你觉得还有比这个更荒唐的事吗？”

“不不，不是……”

我狼狈不堪。

“对了，《备忘录》呢？”

有马再次看了一下那封信。

“啊，那个我今天忘记带来了，和信的内容没有多大关系，都是他小时候的回忆。”

“回忆？”

有马盯着我的脸。

“嗯。什么火灾的回忆啦，和小女孩一起寻找四片叶子的三叶草等等。”

“喂喂，什么呀，是童话故事？”

有马的嘴角再次浮现出冷笑，我慌忙回答：

“不是，我的说明有问题。根本不是童话故事，应该是属于文学性的内容。”

“文学性？”

有马瞪大了眼睛。

“喂喂，你等一下。那个人不是说他从来没有写过像样的文章，根本就不会写吗？”

“是啊，这么一说，也是啊。”

“那个家伙，把他小时候的事情写成文章？”

“听起来很矛盾，确实是这样的。”

“哼。”有马觉得无法理解，思索起来。

其实我今天带《备忘录》来了，之所以没给有马看，是因为不想把香坂细腻的文章给言辞犀利、唇枪舌剑的有马批评。反正早晚会给有马看的，今天还是算了吧。

后来我们聊了些其他的，才刚过 10 点有马就看了看手表站起来。

“要回家吗？”

“傻瓜，别小看日本的上班族，我回公司工作啦。”

我这才注意到有马只喝了一杯扎啤，就改喝乌龙茶了。

“觉得让你等太久，太可怜了，所以中途溜出来的。”

Ⅲ

1

今天我依然在工作室里，坐在桌前苦思冥想。

从早上起我就一直坐在桌前写稿子，可是当夜幕降临，下一期的连载小说却连一行也没有写出来。

此时此刻我的心情，就好比陷在泥沼里爬来爬去的弹涂鱼一般。

当然，弹涂鱼就是生活在泥沼里的，所以在泥沼里也不觉得痛苦，甚至感到很愉快吧。

每当我对别人说自己在写连载小说，对方就会说“每天赶稿子，很辛苦吧”，其实不然。一般来说，作家都是先写出够几个星期用的稿子之后才开始连载的，因此，即便某个星期一个字也没写出来，也不至于马上造成版面空白。

但是，这次连载，我事先跟报社说好了，允许我卡着时间交稿。连载开始时，也只是给了他们几天的稿子。因为对于此次连载我有我的考虑，当然也给编辑部添了不少麻烦吧。我开始觉得，像我这样笔头很慢的人，根本不该接连载的约稿。

不过，我还算不上讨厌的。据说某当红作家，有时候甚至拖到印刷的最后一刻才交稿。插图什么的自然是来不及了。这位大作家甚至在其随笔里得意地说："如果看到和文章内容无关的插图的话，就说明我是最后关头交稿的。"

虽然存稿还有三天的份额，加上第四天是报纸休息日，一共有四天的余裕，但是以我现在的状态，今后四天若是一行字也写不出来，那就真的像有马所说的那样，自己的作家生涯走到头了。

焦躁不安的原因，我心里很清楚。

因为那个香坂诚一没有再来信。

我最终没有在星期日的报刊上登出三行字的广告，这么做到底是否正确？

不知不觉中我开始对萦绕于脑中的那封信发起了火。我陷入这样的局面，都要怪那封信，要是没有收到那封信，这次的连载多少还会顺畅一些。

但是我也很清楚，这样发火不过是在转嫁责任。

虽然这么说，可是对方不来信的话，我该怎样处理这不上不下的精神状态呢？这样下去的话，我很可能一行字也写不出来。

门铃响了。从门镜看出去，门口站着一位30岁左右穿套裙的女士。奇怪，没见过楼里住着这么一位呀。我打开门，女士深深鞠了个躬，自称是某著名人寿保险公司的员工。

由于进入这个公寓需要钥匙，所以上门推销的人很少，但也不排除居民进出的时候，推销人员跟着进来的情况。“这里是工作室，而且我现在有事，对不起。”我刚要关上门，忽然被女人的脸给吸引住了。

她和我的初恋女友简直长得一模一样。

几分钟后，我和那个女推销员面对面坐下来，自己都觉得自己傻。按说自己现在应该趴在桌前写稿子的。

女推销员一边点头，一边递上了名片，她名叫蓬莱夏美。现在可以肯定她与我曾经憧憬的女性连边都挨不上。人的第一印象就是靠不住，面对面坐下一看，发现她一点也不像初恋女友。

“听说先生没有买人寿保险，所以我今天特意登门拜访。”

我吃惊地反问：

“你是从哪里知道的？”

“具体不好告诉您，我有这种名单。”

“名单？”

我怀疑起了自己的耳朵。买过人寿保险的名单，听起来虽然让人不愉快，但能够理解，大概是从哪个公司里泄漏出来的吧。但是，没有买过人寿保险的名单——

现在就是这样的年代，将来说不定连我们每个人的血压或体内脂肪率、眼压、骨密度等私人信息都将成为买卖的对象。

然而，寒暄之后，她也不谈及保险的话题，可见干这行已经相当老练了。她似乎已经调查过我的情况，说什么每天都在拜读连载云云让人肉麻的恭维话。

我忽然产生了想逗一逗她的想法。既然他们惯用这套推销招数，不如试探一下她，让她坦白根本就没有看我的小说。

“你认为那个连载的结局会怎么样？我的朋友断言小说肯定会失败。”

没想到女推销员噗嗤一笑，说道：“是有马先生断言的吧？”

我惊讶地反问：“你认识他？”

蓬莱夏美露出洁白的牙齿笑着回答：

“虽然没有单独见过面。”

原来有马也买了这个公司的人寿保险了？我呆呆地想。

“虽说判断不出结局，但希望后面的情节越来越有趣。”

“啊，那真是谢谢了……”

我低下头说了句蠢话。

然后终于谈到了保险。本想让她出出丑，却被她占了先机，我反倒没有底气地回答：“实在对不起，我讨厌人寿保险。”

“为什么呢？”

“因为人寿保险说到底不就是反过来的长寿游戏吗？”

“反过来的长寿游戏？”

蓬莱夏美蹙起了好看的眉头。

“是的。在古代的共同体里，人们想出了大家摊钱存起来，活到最后的人可以使用所有钱的权利。这就是长寿游戏，活得长的人取胜。但是人寿保险则相反，是大家摊钱，先死去的人把钱取走。在这个游戏里，先死去的人取胜，活到最后的人失败。虽说长寿游戏也不怎么样，不过在拿人的生命打赌这一点上很相似。我一向就不喜欢这种东西。”

“您的见解很有趣啊。对于人寿保险抱有这种看法的人，我还是头一次见到。不过，您对于家庭的责任这个问题是怎么看的呢？”

来真格的了，我警惕起来。“对于家庭的责任”——是保险推销员的口头禅。

“这个嘛，我是以其他形式负责任的。再说，我家里没有孩子，要说责任也只是对于老婆的责任而已。”

遇到这么点困难就退缩的话，就没法当保险推销员了。蓬莱夏美就像没有听见我说话似的，从皮包里拿出了宣传手册，继续说道：

“您看看这个怎么样？这是新项目，属于无免责期的险种。”

“什么是免责期？”

“加入保险之后，在一定的期间内，加入者非正常死亡的话，保险公司可以免除支付保险金的义务，这个期间就是免责期。”

“什么是非正常死亡？”

“就是自杀。”

蓬莱夏美竟然冷静地说出这么可怕的词汇。

“是这样啊。人寿保险并不是只要人死了，就一定能拿钱的吧？”

“实际上在法律上，对于自杀，保险公司没有支付保险金的义务，为了防止以自杀获取保险金，在保险法中有这样的规定。”

“哦，是这样啊？”

“但是，保险公司想出了免责期。在加入保险后的规定期间内一直缴纳保险金的人过了免责期再自杀，便可以拿保险金。”

“为了保险金自杀的人，有那么多吗？”

我这么一问，蓬莱夏美显得有些阴郁，叹了口气。

“很多啊，无论哪个保险公司都会制作保险金的图表，在免责期通常为一年的时候，由于一些加入者在第十三个月，即免责期刚过就自杀了，导致公司的支付额骤然上升，这种情况可以说屡见不鲜。由于增加得太明显，即便我们给业外的人看那个图表，人们也以为是在开玩笑，怎么也不相信。”

“真的是这样吗？但是，这样的制度，会产生是否支付保险金的问题吧？”

“这种事的确多发。涉及保险金的官司最多，也是这个原因。”

“哦，原来是这样啊。”

“比如说我知道的这么一个案子吧。有一位支付了高额保险金买了人寿保险的老年人在整一年时自杀了。他是想在人生的最后，给子孙留下一笔钱。”

“太可悲了……”

“更可悲的还在后头呢。那位老大爷很清楚免责期这个规定。所以，虽然由于疾病痛苦不堪，常常对身边的人诉说痛苦，但还是为了保险金忍耐了一年。说‘忍耐’这个词可能有点不合适……”

“嗯，与其说是可悲，应该说是无处排遣吧。他是怎么自杀的？”

“听说是在自己家的房梁上上吊死的。”

“……”

“可是，他去世的那天，距离免责还差了一天。老大爷以为把自己签章的合同交给推销员，合同就算生效了，谁知那位推销员当天没有回公司，所以，合同正式生效应该是次日。”

“怎么回事？”

“很遗憾，由于免责期的规定，他最后没有得到保险金。”

“就差了一天吗？”

“是的。”蓬莱夏美点点头。

“一分钱也没有吗？”

“是的。”

“可是，这件事上，不是那个推销员的错吗？”

我愤愤不平起来。尽管和那个老人素不相识，但也忍不住要说两句。

“依我看，虽说那位老人想要给家人留下保险金，让保险公司感到非常头疼，但是，推销员不是也有义务向投保人解释清楚合同吗？”

“您说得没错。推销员次日专程去了老人家，把正式合同亲手交给他。也就是说，没有确认合同的日期，属于老人的失误。”

“嗯，真是悲惨哪……”

我一边叹气，一边揣测着面前这位女推销员来访的真意。她对我说这番话，不是让原本对人寿保险就充满不信任的我更加反感了吗？要不然就是她对让我买保险已经彻底放弃了？

蓬莱夏美那双因隐形眼镜而放大的眼睛，直勾勾地看着我。

“为了消除这样的悲剧，不是应该明确一下吗？比如自杀的情况一律不予支付，或是无论自杀与否，凡是死亡一律支付，这样不是更好些吗？”

她点了点头。

“我刚才想对您说的正是这一点。公司因此推出了这次的无免责期的保险。所谓无免责期，就是说，自杀的情况一律不予支付保险金，反之，病死或事故死亡的保险金额则非常优厚。由于不必因客户自杀而支付保险金了，所以公司能够尽可能降低投保额，提高死亡补偿金。”

原来如此，我不禁警惕起来。她根本就没有放弃，她是打算跟我决一胜负啊。

“其实，若是能够宣称无论在任何情况下都可以支付保险金，自然是求之不得。但是，刚才我也说了，第十三个月支付保险金，对于保险公司的经营一直是很大的压力。因此，无论哪个公司都在逐渐延长免责期。以前是一年，如今三年成为主流，甚至开始出现五年的了。现在轮到参考德国模式的无免责期险种登场了。”

“所谓无免责期，换句话说，就是自杀的话一律不予支付的意思了？”

“是这样的。”

“那么，一开始直接说不就得了。”

被她逼到这个地步，我不禁厉声说道。

“太让人费解了。这种‘无免责期’的说法，好像投保人占了多大便宜似的，实际上是保险公司占便宜吧？既然如此，不如干脆改名为‘倘若自杀一律不予支付保险’，让电视上的演员们大肆宣传宣传怎么样啊？”

我自己都觉得说了相当不怀好意的话，然而蓬莱夏美只是露出营销员特有的微笑，又开始了劝说。

“不过，对于认为自己绝对不会自杀的人，这真是很合适的险种，从投保金角度来说。”

说着，她把宣传手册递到我眼前。

“嗯，我很明白，但是……”

我来回比较着桌子上的宣传手册，开始琢磨怎样才能把这位女推销员打发走。

不得不说蓬莱夏美是一位优秀的保险推销员，她的话很有说服力。实际上，我已经有点动心了，如果要买保险的话，的确可以考虑这个险种。

“除了投保型之外，本公司还有储蓄型的，这种每五年还有一次分红……”

“是吗？”

对于推销员来说，这种保险还有一个好处。因为谁也不会说因为无法保证自己将来绝对不会自杀而不买。

这个姑且不说，问题是眼下怎么办。我对于这种推销特别发憷。每次接到推销电话，我一向是一句也不听马上挂断，这并非因为我内心强大，而是由于懦弱。因为一旦接了，我就难以说出拒绝的话来。

我如果说让我好好考虑一下，蓬莱夏美是否会听话地走人呢？还是先把今天对付过去，买一笔三个月的意外伤害保险呢？

2

几天之后，当我在工作室所在公寓的邮箱里看到香坂诚一的第三封来信时，只觉得心怦怦乱跳。

终于来了——这是我的真心话。即使用翘首以盼这个词也不为过。这封信就是如此重要，如今对我而言它已经变得举足轻重了。

我先看了看信封上的邮戳，是青森中央邮局的。

看样子香坂诚一正一路向北。

这次的信也很厚。我拿起桌子上的开信刀，漂亮地裁开了封口。以前一直收在抽屉里用不上的开信刀，最近总是放在桌子上，说明了我渴望尽快看到下一封信的迫切心情。

信封的厚度不输给上一封信。

我把信封倒过来，先取出三折的信来。

又看到了熟悉的蓝墨水。

您好。

我想上次寄去的信和备忘录您都已经看过了吧。

恐怕您在耻笑我的文章写得很拙劣吧。

下面进入正题。

您好像没有在星期天的报刊上登出三行字的广告吧?

您是经过一再犹豫之后,最终放弃了登广告呢,还是从一开始就对于我的建议嗤之以鼻?由于我身处他方,实在无法判断。我能够知道的,只是您拒绝了我的请求这个事实。

按说,咱们的交易就到此为止了。

不过我反思了自己的一厢情愿,决定稍微做出一些让步。

请您告诉我,是什么原因让您拒绝的呢?

是因为金额吗?

还是因为不相信我的创意?

如果是前者的话,恕我不能让步。我的创意是两亿元,希望用现金一次性支付,一分钱都不打算让价。

可如果是后者的话，我考虑做出一些让步。

我的创意不是只限定于一部分读者，所有的读者合上书的时候，都会认为“犯人就是我”。

今天我只能说这么多了。

不过，光是这一句，想必就可以打消您一大半的顾虑吧？

给创意添加血和肉，使之变成作品，需要作家。

应该说是创意正在寻求写手才对。

如果这个创意在告诉您之前，我就遭遇不测的话，那么这个创意就将永远从这个世上消失了。这件事对我而言，就如同我本人消失了一样不堪忍受。这个创意对于我的意义就是这般重大，夸张地说，即便让我为它付出生命也在所不惜。

我希望您能够对它感兴趣，将它带离永远消失的命运。也许这么说过于耸人听闻，但倘若这个创意就这样夭折的话，对于推理界无疑是一个巨大的损失。

我认为自己上次太急于求成，所以决定再给您一次机会。如果您希望和我做这笔交易的话，一定要在下个星期天的报刊上登出三行字的广告。内容和上次一样“母病危，尽快联系，太郎”。

为了顺利进行交易，我觉得有必要让您进一步了解我，解除对我的警惕心。因此，我不顾文笔拙劣，这次也随信寄来备忘录，请您过目。

香坂诚一　敬上

看完信后，我惊讶于香坂诚一对自己的创意如此执着，竟然说出“即便让我为它付出生命也在所不惜”的话来。

我真想能写出一部如此充满自信的作品来。

对于他执着地要求两亿元的态度，我也是啼笑皆非。而且还得用现金一次性支付，这个人到底知不知道两亿元现金有多重啊？

他为什么一直在向北移动，他的目的地在那边吗？他是怎么去的呢？这些信息一点也没有。

我拿着信的左手，触碰到了信封里还没有拿出来的一叠纸。

对了，是备忘录。我把封口撑大，取出了叠成四折的信纸。

3

香坂诚一的备忘录（2）

教会小学的早晨是从做礼拜开始的。一年到头都很阴冷的礼拜堂的正面，镶嵌着很小的彩色玻璃，墙上挂着耶稣受难像。在祈祷时，少年和其他孩子一样，用小手画十字，然后合上两只手掌，抵在额头，闭上眼睛，但是他从来没有认真听过祈祷前后的校长兼神父的布道，因此画中那个凶恶的人到底是谁，圣父圣子圣灵到底是怎么回事，他根本不明白。

祈祷时间结束后，戴着白头巾的嬷嬷们常常会摸摸少年的脑袋，有时候嬷嬷甚至会当着大家的面点名表扬他。在神父讲话期间，少年不像其他孩子那样和旁边的孩子闹着玩，而是一直盯着墙上的画，少年的样子被嬷嬷们理解为虔诚。

虽说没有认真听过神父的布道，但那天的讲话不知怎么鲜明地留在了少年的脑子里。不管是什么东西，不管对方是谁，只要表现出“欲望”就是不好的事。所有活着的生物都有灵魂。活着的时候做了善事的灵魂，死后可以进天堂，做了坏事的灵魂进地狱——

那么，昨天晚餐吃的那些小沙丁鱼们呢？一出生便被煮熟了的无数小沙丁鱼，难道在锅里也分为上天堂和下地狱两条路吗？

少年这么想着，每次都心惊胆战地听着远比上天堂多得多的下地狱的故事。

他也跟着父母看电视上的历史连续剧，虽然对情节毫不关心，但每当看到被主人公斩首的恶人，就会想象他们感受到的疼痛。凡事不“实验”一下就难受的少年，从父亲的书房里拿出裁纸刀回到自己的房间。

起初他在自己的手指上轻轻划了一下，血立刻渗出来。针扎般的疼痛直冲头顶，然后他又划了一刀比刚才更深的，血滴落下来。这么点伤口就这么疼，那把长长的日本刀砍出来的伤口至少比这个疼300倍吧。人在不知不觉中来到这个世界，可是，想要离开的时候，就必须经受那般痛苦。少年觉得这是非常不应该的。

“这孩子真坚强，一声也不哭。”

因为发烧妈妈领少年去了医院，打了好几针后，医生讨好似的对母亲说。其实，少年不哭是觉得比起用小刀划破的手指，这点疼根本算不了什么。可是当他知道打针时哭是“一般人都这么做”的“正常事”后，他就强迫自己哭出来了。

不久，少年发现了有生以来第一件令他感到有趣的事情。

那就是看星星。

虽然学习成绩完全不行，可是星座的名称和位置，他转眼间就记住了。

在晴朗的夜晚，他一边转动着纸做的星座轮盘，一边仰望星空，陶醉其中。少年的夜晚，常常是在和天上星星的对望中度过的。即便下大雨的日子，他也盼着到了晚上雨会停，每隔十分钟，就打开窗户伸出头去看天空。

少年看星星的顺序几乎每次都不变。先找北斗七星和北极星，再沿着北斗七星弯曲的勺子找到牛郎星。

然后顺着这条线往前找就是处女星座的 Spica。将这两个星座和Denebola连起来，便出现了夏季大三角。如果把Denebola换成Regulus，就变成了巨大的等腰三角形。在天空中可以随心所欲地画线，用巨大的板擦一抹去，那些线条就消失得无影无踪了。在黑暗中只有光点散落下来。

少年并不太喜欢天鹅座或仙后座，因为它们太有名了，很容易找到，那就没有意思了。倒是在高挂南天的Regulus和Spica下面的海蛇座，或是在初冬东空升上来的天兔座等更有趣。只是它们常常被云朵或月光遮挡，一个月能够一览无余地看到它一两次已经很不错了。悠然地待在天蝎座旁边的蛇夫座，少年也很喜欢，可是他看了很多遍，也看不出它那歪歪斜斜的五角星哪里像蛇夫。少年拼命寻找他的水瓶座，原来是个瘦小的星座，令他甚为失望，但是当他发现从它的瓶口流出的水，正好流进了旁边双鱼座的鱼嘴里时，也曾欢喜雀跃过。连一个人坐公交车去闹市街都不敢的少年，竟然观察到了距离地球23500光年的武仙座。因为它是当时少年能够用肉眼观测到的最远的星星。

记得那时候惠利佳担任班级的图书委员，她把图书室里的故事书架上的少年少女名作全集一本本借来看。少年也跟着惠利佳，看了很多书。动物与人的友谊啦，寻找妈妈的少年啦，为了朋友拼命奔跑的男人啦等等，没有一本让他觉得有意思的。每次被惠利佳问及读书感想，他总是苦于回答。

唯一让少年感动的是背叛的故事。比起恺撒来，少年更爱布鲁图斯，比起织田信长，更爱明智光秀。他觉得背叛的人远比遭到背叛的人更像贵族，属于高等人种。背叛，这个词汇里充满了何等甜美而诱人的韵味啊。

少年经常梦想那种至高的背叛，那是无人会想到的背叛，也是在人生最后时刻的背叛。如果那个男人中途停止了奔跑，让朋友替他被处死的话，该是多么有趣啊！

可是自己就连想象什么时候背叛什么人都做不到。他觉得在自己的人生里，即使被人背叛，也不可能背叛别人。这并非因为自己多么真诚，只是没有那样的勇气，所以才会被这样的故事所吸引吧。

从学校回家时，少年走了相隔不远的另一条路，走过天桥，来到城址公园。布谷鸟在鸣叫，护城河边的山白竹丛生，惠利佳揪下苍耳子朝少年身上扔，看着它们粘在少年衣服上，就大笑起来。

可是转眼间，她发现了一对野鸭子，就蹲在了水边。她想拍手招呼野鸭子，没想到，它们吓得分头逃跑了。看着远去的野鸭，惠利佳咧着嘴差点哭出来。眼看着惠利佳这样一会儿哭一会儿笑的，少年不知如何是好，只是呆呆地站着。

“喂，你有什么好玩的故事？”

惠利佳突然仰起脸说道。其实惠利佳一向是突然问话的。每当惠利佳觉得无聊时，也不管周围有没有人，就会提出“讲个好玩的故事”的要求。于是，根本不会讲好玩故事的少年就会深感自己是个多么无聊的人，并心情阴郁下来。结果，每次都是提出要求的惠利佳，为了拯救少年，自己讲了个故事。

但是，这一天不一样。因为少年早已准备好了，要给她讲昨天看的书。

“假如外星人到咱们太阳系来的话，为了返回自己的星球进行汇报，外星人应该把太阳系的情况记录在观测纸上，那么，你觉得外星人会怎么记录呢？”

“什么呀，根本听不明白！”

惠利佳生气地撅起嘴。

“就想象一下呀。”

“不明白。”

“这里一共有四颗行星，还有很多碎片——就这样写呀！”

少年得意地说。

惠利佳“哼”了一声，等着下文。但由于少年没有再说话，惠利佳觉得扫兴。

“然后呢？这样就算讲完了？”

“对……”

少年很犯愁。

“你讲的什么呀，这个故事哪里有趣啊？”

“就、就是说……木星和土星，还有天王星和海王星这四颗行星的重量加起来，占了太阳系所有行星重量的99%。也就是说，和太阳系的外行星相比，地球几乎小得微不足道。”

“那又怎么样？”

“就是说，如果有外星人的话，对他们而言，这个地球就是一个碎片。我们就是在这个碎片上居住、上学、游戏、做作业、逃课、受到表扬或批评的……”

“所以呢？”

少年语塞了。因为他觉得没有比这个故事更好玩的了。他想说的是，无论自己还是惠利佳，或是那个坏心眼的女班主任，都是居住在茫茫宇宙的太阳系中仅仅 1% 的碎片上面，犹如一粒尘埃一般渺小——

可是，少年见惠利佳仍然茫然地瞧着自己，他开始脸红，闭上了嘴。

一个还不懂事的孩子，就感到人类都是栖息在碎片上面只知道相互争斗的生物，这样的孩子是不可能成为符合教育标准的优等生的。我们都是囚徒，在学校学习，不过是为了帮助自己比其他犯人稍微多夺取一点食物罢了。锻炼身体，注意健康，也不过是为了推迟一些被带上刑场的时日而已——少年发自内心这样想。因此，少年每天晚上仰望星空，与其说是出于对天文学的喜爱，不如说是跟犯人从监狱的铁窗里仰望天空差不多。

不过，在父母眼里，这个像傻瓜似的可以看好几个小时树叶或水滴的孩子，似乎是对学问产生了兴趣，这是一件值得高兴的事。有一年，在孩子生日的时候，父亲花了一笔钱给孩子买了一个天文望远镜。

那是个口径9公分的望远镜。尽管少年知道比这个口径再大一些的望远镜性能更好，却没敢说出来。

“你每天晚上都在看什么？”

听说少年得到了一架天文望远镜，惠利佳以嘲笑的口吻问道。

“刚才，我在按照梅西耶编号的顺序，整理星云星团呢！”

少年显得很快活。

“梅西耶编号？”

少年给不明白的惠利佳讲解起来。梅西耶编号是名叫查理斯·梅西耶的天文学家制作的星云星团表。据说他是为了发现彗星，才制作了容易看错的星云星团的一览表。十八世纪的梅西耶是使用当时的望远镜分类记录天体的，因此，少年的观测器材应该也是没有问题的。

“真的能看见吗？”

惠利佳半信半疑地问道。

当然可以看清楚！超新星爆炸的残骸蟹状星云M1、水瓶座的球状星团M2、位于天鹰座α星和猎犬座α星之间的球状星团M3——当然没有天文照片那么清晰，是非常非常淡的光。可是那淡淡的光却是很久很久以前发出来的光，在辽阔的宇宙空间旅行之后到达地球的。在自己的视网膜上出现的图像，是用奇迹这样的词语所无法形容的。

“不过，你为什么一定要按照那个编号的顺序看星星呢？”

少年不知该怎么回答。当然，跳着看也没什么不好，但少年想遵守自己定的规则。或者说因为观察星星是一件非常愉快的事，所以，如果不给自己定些规矩，就会感到害怕吧。

有一天，趁着征服了猎户座的势头，少年鼓起勇气请惠利佳来看望远镜。

惠利佳说晚上有个想看的电视剧，不太想去。正巧他们好久没有见面的母亲闺蜜打算见见面，就在次日晚上，惠利佳跟着母亲来到了少年的家。

两位母亲聊得忘乎所以，也不知道什么时候才是个头，两个孩子就去了二楼，从二楼的窗户爬到了晾晒台上。

少年在晾晒台的地上支起三脚架，取下了镜头盖。此时的少年异常兴奋，因为今天能够给惠利佳看看夜空中闪耀着的宝贝，而不是做假的四叶草——

少年一边看着取景器，一边通过微调装置固定视野，转动齿轮对准焦点。

“这就是猎户座。”

少年洋洋得意地说着，迅速把位置让给了惠利佳。如果是带电源的高级望远镜的话，能够自动追逐星球，当然他没有那样的设备。如果不抓紧时间的话，天体会立刻逃出镜头。

但是，紧紧贴着镜头的惠利佳很快就离开了，她不满地说道：

“什么也看不见啊！”

“什么？”

就算是逃出去，也太快了吧。少年确认了一下取景器，马上和惠利佳交换位置。

他看到圆圆的视野中，虽然稍微朝边上移动了一些，但猎户座确实在那里。

“不是能看到吗？”少年说。

“瞎说。”惠利佳再次贴在了望远镜上。

“啊？这个吗？焦距没有对准呀。”

“对准了。”

“可是，那不是很模糊的云吗？”

“那不是云，那就是猎户座。”

“不对，不是这样的。我在杂志上看到过照片，比这个更明亮，更漂亮，就像老鹰展翅飞翔那样……”

“因为那个是……延长曝光时间，拍摄下来的天文照片。可是用人的眼睛，是不可能看得到的。”

少年心里很清楚——在太空翱翔的猛禽翅膀的粉色光芒，锐利地切入那片光芒的黑暗的河湾，在那个河湾的彼岸，整个星云都发出光芒——少女所看到的漂亮的天文照片，和自己用天文望远镜让她看到的景象之间的差异，因此他更加萎缩了。

而且惠利佳丝毫不掩饰自己的失望。

“什么呀，让我看这个，还不如去看照片呢！”

4

“你怎么了？今天怎么这么高兴啊？”

妻子奇怪地问。

“怎么了？我就不能高兴一下吗？”

我不高兴地回答，但脸上自然流露的喜悦表情是无法控制的。因为之前绞尽脑汁一行也没写出来的连载稿子，今天一口气写出了够一个星期用的，刚刚交给了报社。

“哼，看不出来，你居然还有两下子。”

“把‘居然’去掉。”

“总之辛苦了，请坐吧。新茶寄来了，我现在去沏茶。”

妻子说着去了厨房。妻子的娘家在静冈，亲戚每年给我们寄新茶来。

“其实是因为前几天来了这么一封信。”

茶叶在开水中被解放了似的释放出香气，我一边喝着新茶，一边把香坂诚一寄来的三封信和两篇备忘录拿给妻子看。

“就是这个？”

于是，和有马一样，妻子也露出了惊讶的表情。

“你往下看吧。”

妻子默默地看起来。

看完之后，妻子叹了口气。

“真讨厌。没有才能的作家，才会掉进这种圈套里。”

和有马一个腔调。

“我没有掉进去呀。”

“这不等于掉进去了吗?”

这句话也和有马如出一辙。

“你先说说对信的内容怎么看吧。”

“怎么看……这个嘛，至少看得出写信的人是很认真的。如果是闹着玩，不会花工夫写这么长的信。还有备忘录。这个备忘录，既没有丢字落字，也没有错字，还是用手写的，相当花工夫。”

“嗯……”

“可是，这个备忘录是怎么回事呢?少女虽然有个惠利佳的名字，可是主人公一直都没有名字。这个少年就是香坂本人吧。”

“说是为了让我了解他而写的。”

“这就是说，备忘录虽然是以第三人称写的，实际上是自传体短篇小说。”

“如果按照体裁分类的话，可以这么说吧。虽说意气风发的信的内容和备忘录中内向而敏感的人物形象不太一致……”

妻子却摇了摇头。

“不对，这封信和备忘录是同一个人写的。尽管写的内容大不相同，但文章的节奏和用字习惯有着共同点。”

顺便提一句，婚前妻子是干校对工作的，所以在某种意义上，她比我更懂得如何写文章。

“原来是这样……”

“不管怎么说，文章很是怪异啊。这位姓香坂的人，虽然一个劲地说自己文章写得不好，可至少我不觉得是稚拙的文章。从他使用的汉字来看，可以说古板，但并不稚拙。至少不像是‘几乎没有写过文章’的人写出来的。”

“是啊。”

我点头表示同意。

“我来猜猜这个人的来历吧。”

“什么？”

我吃了一惊。妻子属于不拘小节的人。虽然凡事大大咧咧，但感觉非常敏锐。

“就算他真的没有写过像样的文章，但起码是个有着丰富阅读经验的人。也许，这个人曾经想当小说家，但由于某种理由他放弃了这个梦想，随之也丧失了写文章的自信，因此动不动就说自己文章稚拙之类的话。他说没有写过文章，是想要把曾经梦想当小说家的过去封存起来。”

“有道理啊。”

因为她说要“猜猜这个人的来历”，我才吃惊的，但听她说了这些之后，觉得都属于能够猜想到的内容，只得苦笑着点了点头。

“其实你刚才看信的反应，跟有马一模一样，所以我觉得很好笑。那家伙最初也说‘你完全掉进人家的圈套里了’。”

然而妻子没有回答，沉思片刻突然说出了让我意外的话。

“或者说，这个人就是有马吧？”

“什么？”

“因为有马知道你的工作地点，而且他是个博览群书的人，对于推理小说的历史也很熟悉，而且感性也很丰富，所以即便写出这样细腻的备忘录也不奇怪。”

“啊？”

妻子这么一说，我才意识到，有马的确具有这个男人的一切特点。

“不过，笔迹不一样啊。我跟他认识这么久了，很熟悉他的笔迹，有马的字写得更好看，非常流畅。这封信一看就是费了很大劲一笔一画写出来的。”

“笔迹怎么能成为证据呢？既然他想隐瞒身份，当然可以掩饰自己的笔迹啦。”

“话是这么说……”

“再说他也可以找人代笔呀。”

“可是，有马是有正式工作的，从青森中央邮局寄信来，在时间上根本不可能。再说，有马一看到这封信，就显得特别吃惊，马上说这种创意完全不可能。”

“这也不能成为证据啊。想给你寄信还不容易，拜托某个人就可以了。至于吃惊的表情，或许是演技吧。立刻否定那个创意，可能是为了掩饰自己正是写信的人。”

“可是，有马为什么要这么做呢？如果有马想出了‘最后的不可能实现的计谋’的话，大可以直接跟我谈判呀。要是有马有兴趣的话，也可以采取共同执笔的形式啊。”

“这个我就不知道了，那是你和有马之间的事。”

妻子说着喝了口茶。

我的视线回到了那封信和备忘录上。不过，还真是仁者见仁智者见智啊。

5

我一打开研究室的门，就看到一个戴着厚眼镜的年轻人和一个紧挨着他的中年人。青年的头发貌似自然鬈，中年人虽然穿着皱巴巴的西服，满头白发却梳得很整齐。古濑博士面对两个人坐着，却看着面前的笔记本电脑。

要是以往看到这种情况，我会马上转身离开的。因为我觉得戴着厚眼镜的年轻人和中年人的样子不像是来闲聊的。

但是，博士朝我举起一只手，示意让我进房间。我从两个男人的身后穿过去，坐在了里面的沙发上。

“那么，1883 年 1 月 8 日呢？”博士突然说出了距今一百多年的一个日期，同时摁了一下手表上的按钮。

戴眼镜的青年把手伸向乱糟糟的头发，用指尖做了一个卷发梢的动作：

“星期一。”

博士点了点头。

“嗯，大概太简单了吧。那么1602年的3月21日呢？”

青年再次卷了下发梢，眼镜里的眼珠骨碌碌转动起来，但是，那双眼睛不像在看什么东西。

那双迅速转动的眼睛不一会儿就聚了焦，青年微笑着回答：

“星期四。”

“嗯，回答正确。”

说不定是学者综合征[①]吧？我在书里读到过，但真人还是第一次见到。

“那么，接下来问未来的日期。2748年的圣诞节。”

这回是七百年以后的未来。不知七百年以后的圣诞节人们会怎么度过。

戴眼镜的青年举起双手左右晃动起来，宛如他胸前抱着个透明的橄榄球，正在确认球的弹性好不好似的。这莫非是他遇到难题时的习惯动作吧。

过了片刻，青年放开了看不见的橄榄球，双手握拳抵

---

① 学者综合征是指有认知障碍，但在某一方面，如对某种艺术或学术，却有超乎常人的能力。

在两个太阳穴上。我正想着，毕竟是七百年以后，很难回答吧，只见青年抬起头很果断地说：

“星期五。”

“星期五？”

“圣诞夜是星期五，圣诞节当天是星期六。”

“嗯，没问题，看来能力并没有降低。”

古濑博士一边摁着手表上的按钮一边说道。古濑博士的手表是电波表，估计他是在摁秒表吧。就是说，正确回答已经不是问题，回答需要多少秒钟才是问题。

这是一种日历计算能力，并非超能力。可以说是博士“普通心理学”研究的范筹吧。

当然，在一般人看来，这也是很了不起的能力。几年以后的日期，如果给我时间的话，我也能算出来，但是像他那样肯定不行。

博士又从抽屉里拿出了某个看着很眼熟的东西。

这是过去家家户户都有的东西，现在已经丧失了其存在的意义，即将在这个世界上消失——电话簿。封面已经破损，第一页的边角已经磨圆了。

“那么就用这个吧。”

博士随手从中间翻开一页，放在青年的面前。青年马上推了推眼镜，还没等电话簿放在桌子上，就探出身子去看。宛如寻找多年的机密资料终于被允许阅览的历史学家一样。

青年聚精会神地从最上面一行边摸边看起来，感觉像盲人摸点字那样，当然，青年是能看见的。其证据就是，他用另一只手挥去了慢慢飘落在桌子边的细微灰尘（大概是电话簿里的东西吧），像是不允许任何东西干扰自己的注意力似的。

转眼间，青年就看到了最下面一行，然后非常自信地微笑着，还没等博士发话，就快速合上电话簿还给了博士。总共只用了短短三分钟。博士慌忙找到刚才那页，把电话簿立着放在桌上，不让青年看到，说了一个装修店的名字。

马上，青年很流畅地说出了电话号码。

6

患有学者综合征的人们，在幼年时期和少年时期都有超强能力，但是长大后，许多人的能力就逐渐消失了。那个青年在监护人的帮助下，从上个月起就职于市政设施，缓慢地开始适应社会。因此，博士每个月请他过来做一次实验，测试他的能力是否还存在。

博士今天也用咖啡机煮了海量的咖啡，一边大口喝着一边说。

“他的能力，正如刚才你所看到的那样，是令人吃惊的。但是很遗憾，对日常生活没有什么用处。想知道几千年前的某一天是星期几的情况不会经常发生。更何况就算丝毫不差地记住电话簿中的电话号码，实际上也不会给那个号码打电话。”

“可是，他的能力是从哪里来的呢？”

“有各种说法，我认为是古老的大脑。”

“古老的大脑？”

“对，被我们包裹住了的古老的大脑，他却可以自由使用。换言之，我们所有人应该都具有那种潜在的能力。”

博士虽然请他们二人喝咖啡，但他们一口也没有喝就走了。大概是因为看到既没有加奶也没有加糖，没有自信喝下去吧。

“说到日历，比起现代人来，过去的人必须用脑子记住。古代的神官或预言者有时候会被要求立刻回答出几十年前的夏至或冬至的日期，对吧。自从现代人发明了日历，我们的这种计算能力就慢慢消失了。”

“也许是这样的吧。”

“当然，我不认为古代所有人都具有这样的计算能力。但是我们大家应该都具有潜在的某种能力。因为他们的脑子在构造上和我们差不多，只不过在文明化的进程中，我们逐渐失去了这种能力，只有学者综合征的人继承了下来。”

“但是，学者综合征这个词是最近才有的吧？”

“是的，但是学者综合征的人们无论哪个时代里都存在。其实，他们头脑的构造和我们没有任何不同，有的或许只是网络的不同而已。”

“那么，是否可以人为改变这种网络？”

于是古濑博士使劲点点头。

“正是这样，我研究的正是这个课题。”

“是吗？”

“不光是他们的能力，即便科学发达到如今的程度，世界上也还有很多未解之谜。现在人类对于占宇宙质量90%的暗物质根本不了解，大一统理论也远没有完成。说起来，人类所不知道的能量法则在这个宇宙中到底存在多少，也是未知。”

“的确是这样，不过……”

“那么，如果只有一个人意识到人类未知的法则，并能够利用它，会怎么样呢？在不知道磁力存在的人面前，将两个磁石互相吸引或排斥的话，他们会以为是意念力的作用吧？在不知道电波的人面前，对着握在手中的手机说话，他们会以为是魔术或感应能力吧？如果通过手机传来的图像说中远距离的什么东西的话，他们会认为是千里眼吧？这个人很可能因此被奉若神明的。”

“请等一等。磁石或是手机什么的，不都是外在的东西吗？和超能力没有什么关系吧。”

“当然，这只是个比喻。即便是我们现在日常所做的事情，在几百年前的人看来，也有可能是超能力。”

“嗯……”

“我个人认为超能力这个叫法应该取缔，我提倡能力者或先驱能力者这个说法。”

“先驱能力者？”

“是的。一说到超能力，就会给人远远超出一般人能力之外的特殊能力的印象。但事实上并不是这样。我认为那应该是所有人都可以开发出来的——这一开发也许需要经历几代人或几个世纪——可以自由运用的能力。在这个意义上，我提倡先驱能力者的说法。”

“那么，超能力者……不对，根据博士的说法，所谓先驱能力者是指只有一个人先发现了一般人还不知道的物理法则的意思吗？这类人全部都是爱因斯坦级的大天才吗？”

“不，不，这是两码事。”博士笑着摇摇头。

“使用能力这件事和将它理论化完全是不同的作业。应该说，现实中的先驱能力者，一般来说对理论化完全没有兴趣。他们只是使用这种能力。经过几百年之后，学者才追踪性地把这些东西理论化。就是说，他们既非神也不是超能力者，而是人类能力的先开发者。”

今天的古濑博士显得格外兴奋。也许是前几天双胞胎姐妹的实验获得巨大成功，使他心情舒畅吧。

古濑博士把咖啡机里剩余的咖啡一股脑倒进马克杯里，

像比赛喝水似的咕嘟咕嘟喝干后，站起来对我说：

“咱们走吧。”

走出博士的研究室时，我看到书架的角落里，福来友吉博士的著作被包围在一堆外国书中间，还发现了自从以福来博士为原型的小说畅销以来在旧书店卖出高价的两本书——《透视与念写》《心灵与神秘世界》。

我想起福来友吉博士最主要的研究课题就是念写，便向走在旁边的博士问道：“您不研究念写吗？”

“不研究。”博士很干脆地回答。

“为什么呢？”

“因为很难取信于人啊。即便在眼前进行念写实验，也会被人看作动了什么手脚。在这一点上，念写可以说是不被相信的先驱能力吧。哈哈哈。”博士放声大笑起来。

我们走进了上次去的实验楼。今天的 booth 里放着一个可以调节的躺椅。不久，两边的 booth 里各走进来一个男孩子，二人的体格和相貌一看就不一样，我问博士今天不是双胞胎吧？回答是，非但不是双胞胎，而且没有一点血缘关系。

走进 booth A 的少年（据说名叫刚士）故意穿着松松

垮垮的运动衫，弓着背坐在地上，听了助手的说明后，不耐烦地缩起脑袋，躺在了躺椅上。助手把耳机戴在他的头上。

前几天我听过，知道那个耳机里一直放着音乐，使人完全听不到外界的声音。然后，助手在闭着眼睛的少年的眼皮上各扣了半个乒乓球。

根据博士的说明，这叫做感觉遮断的状态。通过阻断所有感觉，让受试者容易发挥内在的能力。

在我们所在的房间里的桌子上放了一排大号信封。一名助手随机选了一个，交给旁边的助手。

接过信封的助手长得相当帅气。他打开那个信封，从里面取出五组小信封。每组两个信封，用曲别针别着。帅哥助手从中选择了一组，把剩余的四组放回大信封里，然后把那组信封交给第三名助手。

就像球童那样留着瓜皮头的第三位助手接过信封就取下曲别针，只拿出两个信封中的一个，便走出了房间。

瓜皮头助手很快出现在了 booth B 里。

在 booth B 里的少年（据说名叫和弥）和刚士相反，背挺得直直的。他从助手手里接过信封就打开了。

他从里面拿出来的是四张很大的照片。擦着海面低飞的海鸟、在原野上盛开的一大片向日葵、停在粗树干上的蝉、报废的汽车工厂。

和弥和刚士好像都是孤儿，据说在孤儿院里是特别调皮捣蛋的孩子。由于他们干坏事的时候总是两个人一起，单独一个人干不了，所以孤儿院禁止他们两个人说话，轮流关他们禁闭。可是，恶作剧一直不见少，职员和院长问起他们时，刚士狂妄地说：

“我和和弥是用其他方式交流的，所以禁止我们说话也没有用。”

“胡说八道！”

刚士生气了，顶撞道：“那就证明给你们看吧！”

那位院长是古濑博士的好友，他拜托博士进行调查。

院长本来今天也要来的，但因临时有事没有来，就由一位表情很严厉的中年职员代替他来。那位职员和我们一起站在房间里，看着玻璃里面。在实验开始之前，职员就对博士说：“先生，请您一定要揭开他们的谎言。”连我都听见了。

古濑博士目不转睛地盯着透视玻璃看，没有回答。

和弥选择的照片是在原野上盛开的一大片向日葵。

和弥把照片还给助手后，慢慢地躺在了身边的躺椅上。

助手赶忙解释了什么，把照片又还给了和弥，据说为了使传送中的信息增幅，要他一直拿着照片。

将要进行的是形象的通讯实验。和弥用意念传送自己选择的照片，booth A 中进入状态的刚士，从和弥那里接收信息，并用语言加以描绘。规定时间是十分钟。这些描述全部将被录音，并被传送到和弥的 booth B 里。

如果和弥听到刚士说出与自己发送的图像相近的词语，就会在心里发送出肯定该回答的意念。相反，觉得不对的话，就发出否定的意念。和弥这边被禁止说话，其实即便说话，声音也不会从 booth B 里传到 booth A 里去。

和弥拿着向日葵照片，闭着眼睛过了三分钟，刚士还是没有说一句话。眼睛上扣着半个乒乓球，躺在椅子上，一动不动，就像睡着了似的。

又过去了将近四分钟，刚士终于张开嘴，接连说出了蓝天、白云、新鲜的空气。和弥选的照片里的确有蓝天和白云，可是关键的向日葵，他却怎么也说不出来。

博士显得有些焦躁不安。直到最后，刚士也没有说出那个词来。不久时间到了，定时器响了。

然后，刚才从大信封里拿出来的两个一组当中的另一个小信封被拿进了 booth A 里。

刚士打开信封，拿出了与和弥完全一样的四张照片。下面，刚士将把自己接收到的信息，从最接近的开始排列出来。

“为什么准备了两组完全一样的照片呢？”

我问博士。既然已经通信完毕，不是可以从 booth B 里收回那四张照片吗？

“因为照片上会留下指纹啊。”

“哦，原来如此。”

我和博士屏住呼吸盯着看，刚士从椅子上坐起来，把照片摆在桌子上。可是他摆的顺序是蝉、海鸟、向日葵、工厂。

向日葵被排在了第三个，说明失败了。

第二次实验时，使用了另一组照片。选择装照片的信封完全和刚才一样，又重复了一遍严格得近乎繁琐的程序。

重要的是，少年本人不用说，就连负责实验的博士也绝对不参与选择。实际选择信封的都是助手，而他们也只是参与其中一部分，无论是西瓜头还是帅哥。将科学的严谨性用于超心理学实验，以便尽可能杜绝作假。博士的这种科学家精神，令我肃然起敬。

这次信封里拿出来的是高速公路、雪中矗立的五重塔、涩谷或新宿的十字路口、围着杜鹃花飞舞的凤蝶这四张照片。

和弥从中选择的是十字路口，在我看来，这张是最让人沮丧的照片了。

通信开始后，刚士马上就说看到了很多白色的东西。正值夏天，走过人行横道的人大多穿着白色衣服。

可是，只说白色的话，反而是雪中矗立的五重塔更接近。

刚士最终选择的是既不是十字路口，也不是五重塔，而是凤蝶。排列起来一看，十字路口竟然排在第四位，彻底失败。

第三次实验的照片是满天繁星、拿着气球的小丑、池塘里的锦鲤、挖掘地下的掘进机。

和弥稍微想了想，选择了锦鲤。

发送开始后，刚士扣在半个乒乓球下面的眼皮微微颤动着，接连说出了帽子、招牌、鞋。

看样子他怎么也说不对了。不知他为什么会想到“招牌”，反正帽子和鞋跟锦鲤挨不上边。

果不其然，刚士最终选择的是小丑。

根本不对——

“失败了。”我对博士说。就连一向镇定的古濑博士也消沉地点点头。

“嗯。”

“那两个家伙，纯粹就是骗子。”

那个孤儿院的职员看到这个结果，瞪着 booth 里两个少年很得意地说道。我暗自祈祷两个孩子会受到宽大处置。

“没办法。要是真正的能力者一个接一个地出现，这个世上岂不是到处都是能力者了吗？”

我这么说着轻轻拍了拍古濑博士的肩头，他今天头发依然有些乱。不论实验结果是好是坏，博士都像个孩子似的，并不掩饰自己的情绪。

“嗯，可是面谈的时候，我感觉他们身上散发着强烈的气场。”

7

第二天，我经历了有生以来从未遇到过的事情。

听见有人敲门，我从门镜往外一看，外面站着两个男人。一个是中年人，另一个是年轻人。

由于有了上次蓬莱夏美的经验，我不打算给他们开门。可是那两个人十分强硬，比刚才更使劲地敲门。那个年轻的还一边看电表，一边嚷嚷：“我知道你在家，快开门！”

一般来说，推销员是不敢这样放肆的。我不知发生了什么事，吃惊地打开了门。

等到听了他们的自我介绍后，我的腿不禁颤抖起来。

原来二人是警视厅搜查一科的刑警。

年纪大的那个刑警，名叫海林，向我出示了警官证，职务是警部补。那个年轻的叫馆林，是个普通警员。

看来他们刚才完全可以大声喊：“警察，开门！”之所以没有那么做，多半是考虑到公寓里的其他住户会对我有看法吧。在这一点上，我不能不感谢他们。

话说回来，警视厅搜查一科的刑警找我到底有什么事呢？妻子平日常常调侃我："你这个人对社会不会有什么用的。不过，从无害这个角度来说，倒是有可取之处。"我就是这么个人。

年轻警员单刀直入地提了一个名字，让我深感意外。

"你认识香坂诚一这个人吗？"

我老实地回答：

"是的，收到过他的来信。"

"来信？"

刑警们的表情发生了细微的波动。年轻警员急切地接着问：

"那么，你们之间的关系是？"

"就收到过他的来信，除此之外没有任何交往。"

"一次也没有见过吗？"

"没有。"

"你的意思是说，没有见过面，却收到过他的好几封来信，对吗？"

"可以这么……说吧。"

"那么，你给他写过信吗？"

"也没有。"

“也没有？到底是什么意思？”

“没什么意思啊，就是说他单方面给我来信呀。”

年长的刑警一言不发，眼睛一直盯着我的脸。

“那么，可以给我们看看那些信吗？”

“你们有搜查令吗？”

我这么一问，年轻警员立刻皱了下眉，然后说道：

“今天没有带来。不过，希望你能够协助我们调查。”

“有搜查令的话，另当别论。我可没有给别人看私信的嗜好。”我故意慢慢摇晃着脑袋。

一阵沉默。

“你真的一次也没有和他见过面吗？”

年轻的刑警再次确认似的问道。

“信里只写了名字，其他一切个人信息都没有，即便我想跟他联系也是不可能的。”

两个刑警面面相觑，互相用眼神交流着，貌似在猜测我说的话在多大程度上可以相信。

我是个胆小鬼。平日里，绝对不会说出冲撞国家权力的话来，或者说，是不敢吧。

可是今天不一样，既然他们是自己找上门来的，那么对于香坂其人想必已经进行了仔细的调查吧。而我这里的资料只有那三封信。要是现在就痛痛快快地给了他们，我就永远也别想从他们那儿打听出一点消息来了。

于是我下定决心问道：

“想必警视厅的刑警先生已经详细调查过香坂了吧？这个人究竟是什么人呢？”

两人再次陷入了沉默。看样子他们对于我这一连串的反应有些出乎意外。

不久，年轻的刑警——就是刚才自称叫馆林的那位——瞅了一眼年长的刑警后开口道：

“你真的不了解他吗？”

“不了解。”

“香坂诚一曾经是一家小进口批发公司的职员。好像会一点英语和西班牙语。”

公司职员。我虽然觉得有些诧异，但世上的事就是这样。小说家或天文爱好者不能叫做职业。

“刚才你说‘曾经’，这么说他现在已经辞职了？”

“他失踪了。”

“什么时候的事？”

“几周之前。因为家人报了警，我们才出动的。”

“谁报的警呢？”

“他的夫人。”

“什么？那个家伙已经结婚了吗？”

“新婚五个月，而且夫人即将临盆。嗨，就是所谓的奉子成婚吧。不管怎么想，都不应该躲藏起来。”

“不过，这个可就不好说了吧？”

我回答。尽管这个时候新郎失踪的新娘子很让人同情，但真实情况只有当事人才清楚。无论是新婚燕尔还是妻子即将临盆，也未必是新郎自己想要出逃的。

“真的是失踪吗？是不是和什么重大的案件有牵连呢？”

我这么一说，馆林刑警果然上了钩。

“你为什么这么想？”

“如果是一般的失踪，日本警察何必如此兴师动众？”

对于我的讽刺，馆林刑警露骨地表现出了不悦。

一直纹丝不动地坐着的年长刑警朝馆林刑警使了个眼色，意思是下面由他来问话。

“好吧，我们就让一步。我们认为这不是单纯的失踪案。”

海林警部补的声音很洪亮。

“为什么这么说呢？”

“有这样几个理由。”

海林警部补从内兜里掏出笔记本，从中间翻开，念了起来。实际上他的视线并没有转动，说明内容都记在脑子里了。

“香坂诚一有大额的借款，不仅是高利贷，还有地下钱庄。其数额，从个人借贷来说不太寻常。”

“不太寻常是多少？”

“我们还没有把握全部借款数额，估计至少不下一亿五千万。其中还有利滚利的借款。”

“一亿五千万？”我不由得发出惊叫。

海林警部补将锐利的视线投向了我。

“对这个数额，你想到了什么？”

“没有，只是觉得数额太大了。”

我想起香坂诚一在第一封信里写急需一笔钱。

“此外，香坂还购买了为数不少的人寿保险。如果香坂死亡的话，保险公司要支付投保人两亿元。”

“两亿元……”

“你觉得怎么样？香坂诚一不是单纯的失踪，很可能是卷入了某个案件之中，我们这样怀疑也有道理吧？”

海林警部补总结道。

“说的也是啊。”我慢慢点着头。

“对于这个有着巨额负债，还买了同样数额的人寿保险的人，你怎么看？”

“问我怎么看，我也回答不了……他只是我在信里认识的人，仅仅凭着他借了很多钱，还买了同样数额的人寿保险这些信息的话，我可说不出什么看法。”

“真的没有看法吗？”

“那么，保险金的受益人是谁呢？”

“当然是他的夫人了。”

“请问，免责期是多长呢？”我问道，前几天刚学的知识，居然活学活用起来。

“是在结婚时买的，所以现在还在免责期之内。”

不愧是日本的警察，调查得就是周密。

“免责期是一年，还是三年呢？”

“我们手头没有资料，不太清楚。”

海林警部补如此回答，也许他只是觉得没有必要告诉我吧。

“免责期是什么呢？”

馆林警员果然又上了钩。

“我认为这正是最关键的地方，”我说，“虽然我不清楚具体情况，但从刚才你们告诉我的两个情况来看，按照一般逻辑推断，这个人应该是为了逃避高利贷的追债而躲起来了，对吧？或者说那个高额保险合同本身，就是恶劣的地下钱庄在背后控制的呢？说起来真是让人背脊发冷，他们是打算让没有还债能力的香坂购买保险，然后把他杀死，获取保险金。而香坂知道了这个情况后，意识到了危险，所以不知去向。”

“这个我们自然也考虑到了。可这是香坂自己去人寿保险公司签的合同。而且据负责人介绍，香坂说妻子要生孩子，作为丈夫以防万一而买的。由于数额巨大，所以负责人就像昨天发生的事一样，记得很清楚。”

“这些也可能是他在做戏啊。”

“如果是做戏的话，按说那个时候他就应该意识到了。只要不是傻瓜，至少应该知道，一旦签了合同，自己的生命就危险了。既然要逃跑，在签合同之前逃跑不是更明智吗？”

“在那个节点上，他大概觉得自己还得起吧？只是还需要一些时间筹钱。因此作为延期还债的条件，他同意了买保险。”

我这么一说，海林警部补用眼角布满褶皱的深邃目光再次盯着我看。

“但是，最后他没有筹到钱，感到自己生命受到威胁而出逃。不错，似乎能够自圆其说。”

“‘似乎’是什么意思？难道你们认为实际情况不是这样的吗？”

二人没有回答，我继续说下去：

“如果你们想要寻找失踪了的香坂诚一的话，就不要在我这儿耽误工夫了，赶快去打击那些地下钱庄或者放高利贷的。如果那些金融业者因违法等名义被揭露，香坂不就会现身了吗？”

“我们也想过这样做。但是警方原则上不介入这些民事案件，对于个别的金钱纠纷是不采取行动的。而且，听说香坂已经把大部分借款‘一体化’了。”

海林警部补遗憾地说。

“一体化？那样做会对他有什么不利吗？”

“的确很不利。要是走到这一步，无论该贷款是经过多么不合法的恶劣钱庄之手，一旦借贷者同意‘一体化’，贷款方就成为合法贷款者了。此时，过去非法订立的合同证据就都作废了，剩下的只是与正规业者之间的合同。也就是说，对于地下钱庄来说，‘一体化’就是将不合法变成合法的手段。”

这个我还真不知道。没想到经常在传单上看到的这个词，竟然隐含着这样的陷阱——

“或许其中也有善良业者吧，但大部分都是这类情况。而且香坂现在的处境也不可能主动向警方投案。”

“这是什么意思？”

“其实，香坂大概是为了多还些钱吧，前不久干上了非法的活儿。所以我们估计他眼下应该是不想主动来投案的。”

“非法的活儿是什么呢？”

“就是贩卖毒品。其实从一个半月前开始，警视厅搜查四科就盯上了香坂，知道这家伙在卖毒品。但是为了一网打尽走私团伙，故意放了长线。”

“结果把香坂给放跑了？难怪人家说警察就是税金强盗呢。”

我挑衅地说。但海林警部补面不改色，到底比年轻的馆林刑警有些见识。

“因为知道香坂是下线的下线，即便抓了他，走私团伙还会物色别人，对他们不构成任何打击。搜查四科的最终目的是彻底端掉那个走私团伙。为了他们的名誉，我只能对你解释这些了。”

“原来香坂债台高筑，干触犯法律的事来赚钱。那今天你们来找我，到底是为了什么呢？

“因为香坂给他的妻子打来电话，是他失踪后第一次来电话。香坂在电话里向妻子道歉，询问了怀孕的妻子的身体情况后告诉她，以后要是遇到什么难事，就找你商量，提到了你的名字。”

“提到我的名字？”

一直镇定自若的我，此时也忍不住发出了尖叫。

“妻子感到很为难，虽然她知道你是个作家，但没有和你见过面，香坂出走之前也没有提过你的名字。所以她来找警察，我们今天就是替她来找你的。”

“原来如此，我终于明白是怎么回事了。”

“就是这么回事。怎么样？可以给我们看信了吧？”

“那么，咱们做个交易，好吧？”

我豁出去了。说实话，刚才我的心都快要跳出来了，但我极力掩饰，装得很平静，不让他们察觉。我认为他们还隐藏着什么。因为如果只是单纯的失踪，警视厅搜查一科是不会出动的。而且，一旦我让他们看了信，恐怕就别想再从他们嘴里打听到任何消息了。

“交易？”果然，海林警部补吊起眼睛盯着我。

“我会给你们看信的。为了证明我和香坂诚一的失踪没有关系，也必须给你们看。只是我对香坂也抱有强烈的兴趣呢。”

“兴趣？”

“是的，其原因你们看了信就知道了。怎么样？我给你们看信，但是，请你们告诉我搜查一科出动的真正理由好不好？”

“你和香坂不是从来没有见过面吗？为什么对他感兴趣？”

“这个嘛……是作为小说家的兴趣。总之你们看了信自然就明白了。”

沉默了片刻后，海林警部补沉重地回答：

“那好吧。不过我们要先看信。”

“好的。”

我同意了。现在除了相信他们，没有别的办法。

“我不知道你们想从信里获得些什么线索，但你们看了说不定会失望噢。”

两位刑警都没有说话。我从办公桌的抽屉里把香坂寄来的三封信全都拿出来，递给他们。

令我吃惊的是，他们先戴上白手套才接过信。大概是为了不沾上自己的指纹吧。这一定不是一般的案子。

海林警部补叉着腿开始看第一封信。不出我所料，他的脸上渐渐露出迷惑不解的表情。

“这上面写的都是什么呀？”看到最后，他一脸沮丧地问。

“就是信里写的那样啊，犯人就是读者，是留给推理小说界的难题。”

“犯人就是读者？真的有这种推理小说吗？”

“不可能有吧。”

“那么，香坂所说的终极计谋是什么呢？”

“多半是他自己幻想出来的吧。”

海林警部补把信交给部下馆林刑警后，抱起胳膊，独自思考。而那位馆林刑警则戴着白手套，就像有马那样，谨慎地把信翻来覆去地看，还举起信纸对着窗户看。

“这个《备忘录》是怎么回事？”

海林警部补看完第二封信后问道。我只把信给了他们，忘了第二封信末尾提到的备忘录。

“是随信寄来的。”

“请把备忘录也给我们看看吧。”

“可是，怎么说呢，那个就像小说一样，和失踪完全没有关系。”

“如果你不给我们看的话，我们也不会告诉你任何信息。”

没法子，我早就知道给他们看信的话，也得给他们备忘录。我打开抽屉，取出了备忘录。

可是，看了备忘录后，警察的表情越来越困惑了。

这是自然的。在信里，还可以看出想把创意卖给我的明确目的。因利滚利而迅速膨胀的大额负债，使得香坂索要两亿元这样的数额，也是不难理解的。

然而，备忘录到底是什么，警察也搞不清楚。虽说香坂在信里写了，为了谈这笔交易，“想让您先了解一下我的为人”。

“这到底是什么东西？”

看完后的海林警部补就像被什么附体了似的，又问了一遍刚才那句话，一个字都不差。

“我不是说了是小说吗？和香坂的失踪一点关系都没有。”

“再问一遍，你真的没有和香坂见过面吗？”

“这个问题已经是第三遍了！”

我实在烦了，大声说道。

“而且在第二封信的末尾不是写了这么一句吗？‘您对于跟我这么个来路不明的人进行如此大数额的交易，心存怀疑，我完全能够理解。因为我和您既没有见过面，也没有说过话，纯粹是陌生人。’这就是我和香坂没有见过面的最好证据啊！”

“的确是这样。那么请问，香坂为什么要给你写信呢？”

“上面不是写了吗，想要跟我做一笔交易呀。”

“那香坂为什么对妻子提起你的名字呢？”

“我怎么知道啊！请直接问香坂好了！”

“而且，假如没有见过面的话，在众多的作家里，香坂为什么选择了你？”

“这个问题也请直接问香坂好了！一定是觉得我闲得慌，又没什么想象力！只有我这样的人才有可能购买吧。还可能因为偶然知道了我的地址，这都得拜那些在网上写了我地址的家伙所赐！”

我劈头盖脸地说了一通。为了保护隐私，我曾经找过当地警察局，可是无果。所以，忍不住跟二人发泄一通。

当然，刑警们特别注意邮戳。东京——山形——青森，按照这个顺序的话，下一封信——根据常识推测，应该是北海道了……

“好了，信和备忘录都给你们了。请告诉我，搜查一科的刑警为什么出动？”

“这些暂时由我们保管吧。”

“这些”的意思，不光是信，还包括备忘录？信姑且不论，我不想将备忘录给他们，可是眼下我只能选择同意。

还好，我都复印过了。

“月初，新宿有个哥伦比亚籍男人被杀，你在新闻里看到了吧？”

“没有。”我摇了摇头。

“是吗……以为你知道的。被害人名叫卡洛斯，是涩谷和新宿的贩毒团伙的头。”

“哦……”我点点头，“我想起来了，在报上看到过。”

“实际上香坂从事的贩毒活动，就是卡洛斯那个团伙。而且当晚有人看到一个很像香坂的人和卡洛斯一起走进案发地西新宿的废弃大楼里。”

“你说什么？”

我知道自己的声音已经变了调。

“那么，案发当晚失踪了的那个日本毒贩就是……”

“是的，香坂诚一就是那个日本毒贩。”

“这么说，香坂诚一不是单纯的失踪者，还是杀人嫌疑犯？”

刑警们没有回答。此次搜查一科出动的理由，我终于明白了。

“记得报上说，那个哥伦比亚人是被人当胸捅了一刀毙命的。”

“是的。虽然凶器没有找到，但从刀口分析，可以肯定是刀刃长达 15 公分的折叠刀。”

“而且是一刀刺中心脏的。”

“你知道得很清楚啊。”

“只是在报纸上看到过。因为有些兴趣，也在网上搜了搜。”

记得这么清楚，刚才不是还说忘了吗？海林警部补露出怀疑的神色看了我一眼。

“那个哥伦比亚人就没有可能是自杀吗？”

“没有人会刺穿自己的心脏自杀的。这个先不说，从刺入的角度也很难看作是自杀。而且，现场有搏斗的痕迹，凶器还从现场被带走了。很遗憾，怎么看都是他杀。”

“有道理。”

我明白了刑警们为什么想要看信和备忘录了。他们以为可以从信里找到有关卡洛斯被害以及香坂藏身之处的重要线索。

可是信里写的都是关于推理小说的计谋，而且与现实完全脱离——对于每天面对真实杀人案件的刑警们来说，

“读者是犯人”之类的话题，就连想都懒得想吧。而备忘录犹如文学作品一般，全都是受伤的灵魂的独白。刑警们露出希望落空的表情，也是很自然的。

“情况就是这样。以后你收到香坂的来信，可以马上联系我们吗？”

海林警部补说着，递给我一张印有手机号码的名片。我点着头接了过来。

然后刑警们又问了两三个问题。大概是觉得我确实不知道香坂诚一藏身何处吧，只好拿着三封信和两篇备忘录回去了。最后还采集了我的指纹，说是要和信上的指纹比对，我只能协助了。

8

“你是走进死胡同了吧？”

有马一边走进店里，一边说着他特有的刻薄话。今天他很准时。

“常有的事。”

“没错。”

有马用力挥动手臂招呼服务员。他要了冰镇的八海山牌纯米吟酿。

“上次因为要上班，我只喝了一瓶扎啤，你一个人喝了不少啊。”

“我还奇怪你为什么不喝呢。今天不回公司吗？”

“是啊。”

聊了会儿天之后，我给有马看了香坂诚一的第三封信。当然是复印件，原件前几天被刑警们拿走了。此外，关于前几天刑警们来的事，我暂时没有告诉有马。今天只是想听听他对信的看法。

也许是接到我的电话时就了然于心了吧，有马什么也没有问就看了起来。

说起来，第一封和第二封信上都沾上了有马和妻子的指纹，如果警察来问我，我只得如实回答了。到时候，说不定有马也会被警方要求协助办案呢。

不过，我觉得警察不会那么做的。原本收集指纹的必要性就值得质疑。如果想要香坂的指纹，去找他妻子的话，想要多少就有多少。而且，那封信和哥伦比亚人被杀没有任何关系。我总觉得，他们之所以采集我的指纹，多半是报复我没有乖乖地给他们看信吧。这是不是属于被害妄想呢？

看完之后，有马抿了一口八海山，慢慢抬起头来。

“每次我都觉得他字写得非常认真。虽说是手写的，却没有一点错别字和丢字落字。”

“嗯。”

“字写得认真，反倒让我心里冒出了一个念头。比起以前我提出的欺诈说，这回可是可信度更高的看法哦。”

“愿闻其详。”

“疯子，这个人脑子有病。对于自己琢磨出来的计谋怀有自信没有问题，可是，说什么如果把创意告诉你之前自己有什么不测，创意就会永远从这个地球上消失，就纯粹是夸大妄想症了。依照他的意思，再也不会出现能够想到这个计谋的人了，对吧？怎么样，这回说得通了吧。看来疯子里也有特别认真的人呢。”

“的确说得通……不过如果这就是真相的话，作为小说结局也太差劲了。”

“真是的。没有才华的家伙当什么作家，可真是受罪啊。”

有马讥讽地笑道。我瞪着他。

“那你自己写不就得了。”

“我写？开玩笑！”

有马使劲晃着脑袋。

“自己一个字也不写，瞧着缺乏想象力的作家绞尽脑汁，不是最有趣的事吗！”

“什么人哪。”

我愤愤地说，有马突然一本正经起来。

“我说的一半是真心，一半是哄你的。其实我有点羡慕你小子呢。无论文章写得多烂，情节多么无聊，你也能靠着写作过活。”

“什么？”

我怀疑自己听错了。和有马交往这么长时间，听他说羡慕我，还是第一次。

有马的目光落在了酒杯中的涟漪上，看了好一会儿，才一口喝干了那杯酒。然后说道：

“说实话，我吧，曾经和朋友办过杂志，在那上面发表过小说。”

“真的？你写过小说？”

第一次听他这么说。一向喜欢开玩笑的有马，显得有些难为情。

“不过怎么说呢，我这个人太敏感了，怎么也做不到自己与作品之间的客观化。”

“客观化？”

“是啊。我总觉得写出来的东西和自己有着直接关联，所以作品受到称赞，便得意洋洋，被否定的话，就仿佛自己这个人被否定了一样。对于我这样敏感的人来说，作品并非纸上排列的文字，而是自己身体的一部分，血管和神经都与作品相连，听到赞美就觉得舒服，听到贬低就感到疼痛。”

“这样的感觉谁都有啊，尤其是青春期比较常见。”

“可我现在也是这样，青春期早已过去了。或者说我想要问问你们这些小说家，发表作品就等于被卷入毁誉褒贬的漩涡之中吧？被人吹捧的时候感觉还不错，可问题是众口难调，无论什么样的作品，绝对不可能一万个人都说好，其中必定有吐口水的人。那个时候你会怎么想呢？作为作者，还能做到镇定自若吗？”

“怎么可能啊，心境很难平和的。被人贬低就会萎靡不振，过一段时间再重新振作呗。只不过怎么说呢，渐渐地就麻痹了，或者说是习惯成自然了。”

“我可绝对做不到像你这样。对于作品被人诟病，我肯定是一辈子也习惯不了。因此，突然有一天我意识到，万一自己成了小说家，恐怕很难长命百岁啊。当然，不长寿也没有关系，但是不管怎么想，像我这样的人，靠写作是不可能幸福的。最后我得出结论，写作这件事就交给那些厚颜无耻的家伙去做，我就在旁边看热闹好了。”

“怎么说话的？作家都是厚颜无耻的家伙吗？”

“依我看，差不多啊。”

有马说完，哈哈大笑起来。

敏感的人，会这么笑吗，我本想这么说，可是伶牙俐齿的有马，肯定会给我来一句：“你的观察力不行，我是为了掩盖敏感的内心，故意装作潇洒不羁的。”

“其实，我给老婆看了香坂的那些信和备忘录后，她说没准是有马改了个名字写来的。”

“夫人这么说的？说我是写信的人？”

果不其然有马大笑起来。

“夫人也太抬举我了。20 岁以前还说不定，现在的我真写不出那么有内涵的文章了。”

“我也曾一度觉得有可能是你写的。”

“怎么会呢，而且一看就不是我的字迹啊。”

“是啊，现在当然谁都不认为你就是香坂了。”

刑警来我家的事，我最终也没有告诉有马。

理由和上次没有给他看备忘录是一样的，因为我不忍心让香坂曝露在有马的唇枪舌剑之下。

Ⅳ

1

香坂终于寄来了第四封信。

这说明，在寄出这封信的时候，香坂还没有被警察抓住。我意识到自己不由自主地松了口气。

我条件反射般地先看了看邮戳，出乎意料的是，和上次完全一样，还是青森中央邮局的。我觉得搜查之网正在逐渐缩小，香坂还待在原地不是很危险吗？

今天的信也很厚，说不定里面也有备忘录吧？

还是同样的信纸和墨水——我先拿出信看起来。

您好

冬美好像对警察说了您的名字吧。

冬美是我妻子的名字。对不起，给您添麻烦了！

不过，要说道歉的话，把您给卷进来这件事本身，就应该表示歉意。

我不知道刑警对您说了我的什么情况，恐怕现在您很蔑视我吧。

但是我只能忍受，因为我正是那样的人。

我在贩毒，这是真的。属于犯罪里最恶劣的犯罪。对此我没有任何辩白的余地。

只是，我原本并不是那样的人。

所有的起因，都是给一个朋友做担保造成的。在这里不方便提他的名字，暂且叫他A吧。由于我的性格问题，在迄今为止的人生里只交过两个朋友，A是其中之一，那时他是我最信赖的朋友。A说打算开创事业，找我给他当连带担保人。

结果我被他彻底背叛了。一天，银行的人突然来找我，我才知道A事业失败，高额借款未还，就突然人间蒸发了。

正如备忘录里所写的那样，我从小就对背叛反应强烈，也许因为我隐隐预感到早晚有一天会被信任的人背叛，所以下意识地对那些故事感兴趣吧。

我想您也知道，连带担保人不同于一般的担保人。在法律上，就等于是自己欠钱。一夜之间负债数千万的我，因过度受惊，就连憎恨A的心情都没有了。

按照银行给我这个低工资的上班族提出的还款计划，恐怕我这辈子都得搭进去了。好在我是个老实巴交的职员，可以从工会借短期贷款或预支薪水，再加上这些年来存下的钱，好歹减少了一些负债。也许是不想把我逼得无路可走吧，最近他们一个月只来要一次债，不是逼得那么紧。

但即使每个月按时还债，大部分也只是在还利息，本金几乎没有减少。后来由于不景气，公司分红没有了，预支工资也困难起来，我万般无奈，一到每个月的还款日，就只得去跟别的高利贷借钱。

这样的生活持续了半年后，我成了个多重债务者。这周跟A银行借20万，下周跟B银行借30万，过着疲于奔命的还债日子。

一天，有人给我打来了电话。

“我们可以低利息借钱给你。”

这就是所谓的黑市贷款。已经从正规渠道贷满了额度的我，立刻就上钩了。

从那以后，利息是怎样疯狂增长的，就不用我多说了。我只有一句话，这些家伙简直就是披着人皮的恶魔。他们还对我说，会一辈子缠着我。

报上登载过因不堪其苦而自杀的消息，其实那些自杀者 99% 并非不堪欠债之苦，而是不堪逼债之苦。

我跟黑市借的钱，自己一次也没有使用过，全都用于还债了。而且业者之间是相互串通的，所以，我等于是将黑市的贷款在他们之间送来送去罢了。

那天晚上，我在街头徘徊。以前我从来没有一个人在夜晚的街头转悠过，可是那天，我是有着明确目的的。

我要寻找卖毒品的人。由于每天生活在被高利贷追债的担惊受怕之中，我想要借助吸毒忘却现实。

我接触毒品，原本是为了矫正自己的内向性格。夜高中毕业后，求职的最终面试我总是不合格，有个人劝我说，要是吃了这东西，就不会害怕了。他是和我读同一所夜校的出租车司机，我就像落水者抓住救命稻草一样，听从了他的劝告。结果在面试时，我居然直视着考官的眼睛，口若悬河，侃侃而谈。

当然，无论出于什么理由，依赖毒品都绝对不是什么值得炫耀的事。幸好我具有控制自己不滥用药物的控制力。除了万不得已，绝不碰它。一方面也是因为太贵，低收入的上班族根本没有那么多钱达到上瘾的程度。

那些卖毒品的人，不想见的时候，老是遇见，偏偏想见的时候，就怎么也碰不到。我从来没有在街头买过，也不知道他们的电话号码，所以，在街上转了一个多小时，才遇见相识的哥伦比亚人。

“有大麻吗？”

他名叫卡洛斯。好容易才找到他，我喊了他一声，卡洛斯露出了警惕的表情，经我反复追问，才露出了熟悉的笑容。

“海洛因和可卡因也有啊。”

“就要大麻。”

我从来不碰纯度高的海洛因和精神依赖性强的可卡因。即便像现在这样自暴自弃的时候，也能够控制自己不去买那种烈性药。当然这不是什么可自豪的事。

卡洛斯一向身上有药，可是那天他没有带（原因事后才知道），让我跟他走，我就跟着卡洛斯进了一个酒吧。他走进吧台里，我坐在吧台前要了杯啤酒等着他。

几分钟后，卡洛斯出来了，手里拿着个小塑料包，我接过来，把钱给了他。

卡洛斯那天好像比较闲，就在我面前坐下，不让我离开，说这杯啤酒他请，再坐一会吧。

我至今也不明白，当时自己为什么要对卡洛斯说那些话，也许是因为没有地方发泄满腔的愤懑吧。给朋友当连带保证人的事；被朋友背叛，背负了高额借款的事；由于害怕追债，每天晚上都睡不安生等等。

卡洛斯一直默默地听着，我说完后，他的双眼在昏暗的店内放射着光芒：

“真是天助我也！”

我不明白他的意思，呆呆地看着卡洛斯。

卡洛斯对我说了下面这番话：由于警察的巡逻严密起

来了，活儿不好干了，尤其是对他们这样的拉美人的监视空前严密。以前只要在涩谷的色情场所前溜达就有钱赚，可是现在那些色情场所门口净是便衣警察。

“所以呢？”

“如果你缺钱的话，想不想帮我们的忙？”

“帮忙？”

“只是送送货。”

接下来卡洛斯说出的送货报酬，对于缺钱的我来说，具有极大的吸引力。他说，因为你是可以信赖的日本人，才出这个价的，其他喽啰还不到你的一半呢！

在那之前，我根本不知道卡洛斯是贩毒团伙的头。也难怪，不让客人知道谁是头，才是最好的保护。

不知卡洛斯说的是真是假，但给我的报酬比别人高，满足了我的自尊心。

“送什么货？”

“就是大麻呀。”

“可是，虽说只是送货……”

见我犹豫不决，卡洛斯凑近我的脸：

“你也知道，大麻不会让人产生身体依赖，也没有抗药性，是比吸烟还安全的致幻药，在欧洲实际上已经解禁了。只是，由于大麻太容易引起幻觉，以至于酒就卖不动了，因此，被严重依赖酒税的政治家视为眼中钉。你明白了吧？为了不让日本的年轻人因好奇心而沾上危险的毒品，我们才给他们提供最安全天然的——”

诡辩，大麻是纯粹的毒品。宣称大麻无害的极端论调不过是一部分人想要推广毒品的幻想。但是，那时卡洛斯说的这些话却成了我为自己辩护的说辞。白天在公司里上班，夜晚帮着卡洛斯卖毒品，这种生活方式充满魅力。因为我的身份不会让周围的人怀疑。

我的工作只是把小塑料袋送到指定的地方，取回钱款。送货方式多种多样，有时候只是单纯送货。我用磁石把袋子贴在指定的路标背面或大厦的金属栏杆背面，就算完成了任务。他们是怎么收取货款的，我不清楚，也许是预付，也许回头再派人去取。在管制严密的时期，就会用这样的方式单纯送货。

实际上，那正是毒品污染成为了社会问题的时期，尽管我一次也没有在街头被警察叫住或盘查过。因为我完全不像是买卖毒品的小混混，在这一点上，可以说发现我的卡洛斯真是独具慧眼。我这个一般人眼里的为了排遣工作压力而饮酒消愁的懦弱上班族，大概在卡洛斯看来，是无与伦比的最佳送货人吧。

香坂诚一　敬上

信突兀地结了尾。

以前的每封信，好歹还有个结尾什么的，今天却什么也没写就结束了。就好像是为了调节长度中断了文章似的。

这个且不说，香坂终于提到了卡洛斯这个名字。如果把这封信交给海林警部补的话，他一定很高兴吧。

但只凭着这些，还不能断定杀死卡洛斯的人就是香坂。

我打开信封，从里面拿出叠成四折的备忘录。

2

香坂诚一的备忘录（3）

少年在即将小学毕业之前转学了。

是因为父亲的工作调动。当时父母的感情已经岌岌可危了，但是还没有打算放弃婚姻的父亲大概是觉得一家分离不太好吧，就自作主张决定搬家。而且那个时代分居还不太普遍，当一家之主调动工作时，随之搬家也是很常见的。

少年告诉惠利佳自己要转学时，惠利佳只哼了一声，但过了几天，放学后惠利佳罕见地来教室找少年，问他：

“这个星期天，咱们一起去吧？”

“去哪儿？”

惠利佳说是去县营竞技场看足球比赛。据说当地最好的足球队要和日本选拔队进行友谊赛。指定座位的票已经全部卖光，喜出望外的主办方报社在三天前发布消息，将自由席位免费送给小学生，所以那天少年班里的男孩子都在谈论这件事。

星期天，两个孩子在比赛前两个小时就一起去了竞技场。

可是，竞技场外面已经围了里三层外三层的人，两个孩子有种不祥的预感。

他们的预感果然应验了。竞技场从早上起就排起了长蛇阵，一个多小时之前就已经停止入场了。据说是由于小学生免费，很多大人被他们拉来的缘故。

“唉，真无聊。”惠利佳半张小嘴叹了口气。

看到她这样失望，少年觉得就像是自己的错似的，特别想哭。他觉得自己有义务让惠利佳高兴，就在强迫心理的驱使下说道：

“咱们去天文馆吧。”

“天文馆？”

“那个山坡上新建了一座天文馆。现在去的话，能赶上两点半那场。”

可是，惠利佳并没有显得多么兴奋。

“钱怎么办呢？那个票不是很贵的吗？”

我回家去一趟，把存钱罐摔破的话，里面的钱应该够买两张儿童票了——那些钱是为了购买年底出版的明年的《天文年鉴》而存的——少年正要对惠利佳这么说时，惠利佳先说道：

“可是，下学期学校不是会组织去看吗？能够跟学校去的话，自己花钱去看也太傻了吧？”

下学期我就不在学校了，少年本想这么说，却换成了别的话：

“那就……过几天晚上有流星雨，你能出来吗？”

“流星雨？”

“嗯。彗星拖着扫帚般的彗星尾巴在宇宙空间游动，当它横穿地球时，它的尾巴会落入地球的大气圈中，成为流星雨的。有时候还会出现火球，尾巴也拖得很长，我想应该很适合第一次看流星雨的人吧……”

惠利佳呆呆地望着少年。

“喂，你长大以后，真的打算去发现星星吗？”

那是不久之前的事，地方电视台的专题节目组来到学校拍摄《将来的梦》节目，挨个采访了学生。有的学生说想当职业棒球手，成为本垒打王；有的说想成为歌手，在武道馆举办音乐会；问到少年时，他说想要发现新星，然后用自己的名字来命名。

“嗯……”少年点了点头。

“你这不是妄想吗！你要面对现实，现实！”

少年望着少女白皙清秀的脸庞。

“以前我问过理科的大野老师，老师说，的确以前是天文业余爱好者也可以有所建树的时代，以后可就难了。他还说，很快就会制造出性能超棒的宇宙望远镜，这么一来，用这种望远镜很快可以发现新星，所以已经不是业余爱好者能够发现新星的时代了，所以业余爱好者用自己的名字来命名新星已经是不可能的了。”

“嗯，嗯。”

“而且，老师还说无论发现了多少新星，也没有钱拿。我原来以为发现新星会得到很多钱呢。真没想到，那些寻找彗星的天文爱好者们都是很贫穷的，你知道吗？”

少年很吃惊，不知所措。

并不是因为惠利佳向发现天体这一目标泼冷水。

也并非因为少年知道了在少女眼里自己将来不过是个天文爱好者。

而是因为自己与面前这位美少女之间有着无法填埋的鸿沟。

对于天体的爱好，是少年免于被这荒谬的世界碾碎的唯一方法，发现彗星只具有象征性的意义。

至于给新星命名之类的幼稚的功名心也不过是欺瞒世人的姿态而已。

也就是说，无法与现实妥协的人，精心挖掘了一条能够让自己不担心现实的路。

少年不得不醒悟，让少女理解这些是永远不可能的。或者应该说惠利佳是不需要理解这些的人。

“不过，要是你什么时候发现了新星……”

惠利佳露出充满自信的笑容说道：

“一定要用我的名字命名！”

10月21日——流星雨之日——夜晚的空气已经非常寒冷了。

父亲调动工作的地方不是大城市，但好像工厂很多，因此不太适合观测天体。少年说，在这个城市生活的期间要看遍可以观测到的天文现象，这才终于让絮叨的母亲闭上了嘴。

少年首先在自制的观测纸上写上日期，没忘了写成21日22日，以免日后搞错日期。

三十分钟过去了，还是没有出现一颗流星。在辐射点很低的这个时间段很难看到流星雨。实在遗憾。

仰面朝天躺着的少年感觉眼睛逐渐干涩起来，但是为了准确读取数据，少年不能同时闭上两只眼睛。他按照《流星观测指南》里说的那样，就连眨眼睛也是一只眼睛一只眼睛的轮流眨，凝视着夜空。

“我来了。”

突然响起了含混不清的声音。少年循着声音一看，不禁大吃一惊。

在星光下，惠利佳穿着花格图案的裙子，已经习惯了黑暗的少年能够分辨出来。

“你妈同意你来了？”

不管我想不想去，妈妈管得严，晚上出不来——她是这样拒绝了少年的邀请的。

“怎么可能？自己溜出来的呗！”

惠利佳若无其事地说道。然后脱了鞋，上了少年躺着的草垫子。少年有些犹豫地挪了挪身子，伸出手指了指辐射点的位置。

惠利佳毫不犹豫地躺在少年身边。

二人没有再说话，时间静静地流淌着。一动不动地并排躺在草垫子上的两个人，从空中往下看的话，就像还没有长好就被摘下来的两根笔头菜吧。

少年刚才就一直在祈祷，既然惠利佳来了，无论多么黯淡的流星也好，快点下来一颗吧——

莫非今天又没戏了吗，就在少年开始绝望的时候，黑暗的空中，犹如被细长的刀剑劈开一般。那是从辐射点左上方落下的一颗很大的流星。

“哇，太棒了！”

惠利佳仰着头，高兴地拍起手来。

少年舒了口气，这才想起得做记录，慌忙把这次流星雨的等级、持续时间、有无痕迹等等，摸索着记录在超市小票那样卷成圆桶形的纸上。虽然数据之类的有没有都无所谓，可不做点什么，他就觉得心神不定。

又过了一会儿，锐利的匕首划破了夜空，那是火球。黑暗的天空渗透出鲜红的血色，宛如巨大疮疤般的痕迹出现了几秒钟之后，慢慢地修复，回归了暗黑。

每当真的看到流星雨时，少年便会沉浸于无限宏大的感慨之中——仿佛在遥远的夜空中真实存在希腊神话里的英雄和巨人们，又仿佛那些神明们正在银河中放飞精灵。

少年再次摸索着在记录纸上写下了记号。

这时，少年的视野忽然被遮挡了。

以满天繁星为背景，少女美丽的剪影浮现出来。

“我都知道。”

“什么？”

少年吃惊得坐了起来，二人面对面了。

“你虽然没有告诉任何人，可是我都知道。”

“你，知道什么？”

“水车小屋起火的那天，你放学后没等我就先走了吧。可是，你天黑以后也没有回家。”

少年感觉心脏都快要跳出来了。

正想说什么的少年的嘴被堵住了。惠利佳突然把自己的嘴唇贴在了少年的嘴唇上。

微微颤抖的惠利佳的嘴唇湿漉漉的。

“你都是为了我，谢谢你！”

放在少年膝盖上的记录纸滑到了地上。他右腿上烧伤的疤痕隐隐作痛起来。

蟋蟀的叫声更加响亮了。

几乎与此同时，天空中两颗暗淡的流星从辐射点朝着不同的方向划过夜空而去，少女肩上滑落下来的长长黑发披散在少年的肩头。

在一棵树上，猫头鹰的一只眼睛犹如石榴般闪烁着。

惠利佳一个人走了以后，流星仍然不断地划过，但少年却忘了记录，一整夜都在傻呆呆地眺望着星空。

3

古濑博士的研究室里，男人们正忙得团团转。摄影师在导演的呵斥下安装着摄像机，那个导演一离开，挨骂的摄影师就训斥起自己的助手来，好像在观看日本社会的缩影，我觉得颇为有趣。今天他们还带来了正规的照明设备和音响设备、反光板等等。穿得花枝招展的女性们占据了狭小研究室里的沙发，发型师模样的女子正在给她们做头发。

据说是要录制用于那对超能力美女姐妹的特别节目，因此博士叫我也来了。我觉得上次使用ESP卡片的实验录像已经说得很清楚了，直接播放那个不就可以了吗？可是博士说，因为是两个小时的特别节目，还需要各种“画面”，所以想加入一些采访专家的镜头。

对媒体不感兴趣的古濑博士很想拒绝采访，但电视台方面通过校长来拜托，所以无法推掉。

“我多年来梦想创立超心理学的硕士课程和博士课程，

看来有希望了。”

这是博士邀请我今天来参加采访的理由。

恐怕是因为电视台方面为了树立权威，无论如何也希望附加上被认为是日本超心理学第一人的古濑博士的证词吧。虽然上次实验的时候，博士采访了姐妹俩之后兴奋地对我说，这才是真正的能力者，可是一旦面对摄像机，他只说了一句话：“得到了有意义的结果。”

也许是为了从容易采访的对象开始吧，我先接受了采访。不用说，我谈了如下感想：我不了解超能力，所以只是来参观实验的，我看到的实验是在没有任何机关的环境中进行的，因此姐妹俩绝对不可能使用一般的方式进行沟通。

然后是博士。起初博士很坦然地介绍了实验的设施构造等等，可是当沐浴着刺眼的聚光灯的女性记者问为什么博士特别对凭借感知能力通讯的实验投入精力时，博士的表情就好像被人问到为什么人要吸入氧气呼出二氧化碳似的。

“那是理所当然的呀。说到超能力以及开发超能力的研究，就会有人问，是不是只要人脑子里一想，高楼大厦就盖起来了，光是通过意念，就能够在宇宙空间移动，这些只能说是愚蠢的提问，这些依我看都是在变戏法。”

“变戏法？”

女记者吃惊地反问。

“是的。我虽然是超心理学者，但我认为历史上所记载的念力或瞬间移动的事例都是骗人的，或是错误的。人类说到底不过是微粒子的聚合，因此如果把人体分解后，使之在空中移动，然后再以同样的排列重新组合起来之类的说法，即便是天文学意义上的偶然重合，也是绝对不可能的。至于时间旅行能力等等更是贻笑大方。这些实在太无视物理学的规律了，太荒谬了。”

“是吗……”

“请好好观察一下动物界吧。动物界虽然很广大，但能够瞬间移动或使用念力的动物，一只也没有。如果能够瞬间移动的话，候鸟们可就太高兴了。也就是说，这种能力毕竟不是生物体能够掌握的能力。只要能够具有超能力中的一种，那种生物便将是无敌于天下的，它们会无限繁殖，破坏生态系统……”

“这个怎么说呢……”

“不过，在动物界里，也存在我们看来很明显是依靠感知能力传递信息的动物，有的动物能够发出或接收极其微弱的电波。这说明我们人类也有可能通过训练慢慢掌握这些能力。你们电视台概括为‘超能力’的这种东西，其中唯一值得研究的，可以改变人类历史的，就是以感应能力为首的ESP研究！”

女记者沉默着，没有表示赞同或反对。

“比如说，此时你的眼睛感知到这个房间里很亮，这是因为眼睛里的视杆细胞里所含的视紫红质在灯光的作用下产生微弱的电流分解后传导到脑子里的缘故。与此同理，我们的思考全都可以还原为这种电流信号。这样一来，人就能够通过意志力将自己的这些信号传播到空中，或者将他人发出的电流信号转换之后读取其意等等，你觉得呢？”

博士在展开自己的论点的同时，也暗讽了把一切灵异现象都混为一谈的电视台超能力节目制作组，捎带嘲讽一下女明星般聚光灯簇拥的女记者。对于博士的机敏头脑，我发自内心地钦佩。

“我认为，感知能力优异的先驱能力者们进行的实验也与此相同。就是说，他们虽然不明白原理，却知道怎么做。如果能够解开其科学原理的话，在不久的将来，通过训练，人人都能够掌握那些能力。”

“等一下，等一下。你的意思是，所有人都能够使用感知能力的时代会到来吗？”

“当然。至少我通过超心理学研究要实现的就是这个目标。”

“可是，是否可以说那样的人类更适宜生存？”女记者似乎终于找到了衔接得上的问题，“所有人都能够使用感知能力的话，这个世界不但不会成为天堂，还会变得一团糟。尽管人们内心所想的事可以不通过语言传达给别人，确实是很棒的体验，可是反过来说，如果人人内心的想法都直截了当地传递给了对方的话，街上不就到处是打架、决斗、杀人了吗？”

这可以说是一般人的反应吧。不过，看博士的样子，女记者所怀有的畏惧之念似乎并没有传递给他。

“这说不定是一种返祖现象。因为在哺乳动物中，也能够看到并非那么高等的动物们使用普通器官之外的方法交换信息的现象，但是人类以及猩猩等灵长类中却看不到这样的交流手段。这就说明，‘获得’感知能力这种说法不准确，应该说是‘重新获得’才对。”

女记者涂得雪白的面孔再次阴沉下来。从摄像机的取景空间上方吊下来的巨大狗尾草般的集音麦克风微微摇晃着。

“生物总是背负着进化的宿命，而人类也必须不断地朝着更高级的生物进化。那么更高级的人类是什么样的呢？我个人的看法是，下一步的进化，会发生在交流层次。”

“交流层次？”

“对。比如说我吧，我认识一位看到电话簿的任意一页便能够完全记住号码的学者综合征患者，可见我们的大脑原本就拥有记住看到或听到的一切东西的容量。只是，这些记忆倘若全都挤在意识表层的话，无疑会给我们的日常生活带来不便吧。”

我想起前几天在这个房间里看到的患有学者综合征的年轻人。实际上那个年轻人尽管具有那样超群的能力，却不会自己系鞋带，离开这个房间的时候，中年监护人要细致入微地照料他，不厌其烦地提醒他注意房间里的台阶。

“因此，头脑获得的是遗忘能力，可即使忘记，记忆也并没有完全消失，而是被藏在了头脑的深处。因偶然契机，几十年前的事情会鲜明地浮现出来，或者突然想起原本已经忘记的事情，之所以会发生此类现象，就是因为某种契机偶然打开了头脑深处的开关。

“而且，一旦头脑的束缚被去掉后，有时全部记忆会在意识中发生雪崩，只是这样的情况一个人一生只可能遇到一次。”

“一生只有一次？”

“是的，那就是死亡的瞬间。从高处坠落的人，在即将触到地面之前的零点几秒，会想起自己的全部人生，这个说法你听说过吧？快要咽气的病人也说看到了走马灯似的过往。当头脑放弃了维持生命的瞬间，收藏所有记忆的封印被一下子揭开。这些众所周知的现象是完全有可能从科学角度上进行说明的。”

古濑博士讲的话，无论什么时候听都充满趣味。

可是女记者似乎苦于找不到提问的要点，惶惑不已。

“是啊……”

“刚才所说的那位学者综合征青年，由于在记忆力领域里，其开关总是开着的，因此有时会造成日常生活中的不便。而我所定义的先驱能力者，应该是在感应能力的领域能够随意控制脑子里的开关的人。为了不给日常生活带来不便，平时关着电源，一旦需要的时候，可以按照自己的意志或是周围环境的需要打开电源。”

“那么，下面回到那对姐妹的实验上来吧，博士……”

女记者试图打断博士的话，然而一旦打开话匣子，古濑博士很难停下来。

“人类由于前脑叶异常发达而成为了现在的人类。反过来也可以说，这是由于压迫了脑里的其他部分而得到的结果，因此因偶然契机，曾经的机能也可能复活。现在地球上的所有生命都可以还原为一个蓝藻，胎儿变成人之前，在母亲子宫内的羊水里漂浮，将生命进化的全过程演绎了一遍，这些已广为人知。胎儿几十天时的面部照片与鱼和爬行类动物非常相似，想必你也看到过吧？换句话说，在我们的头脑里，鱼类的头脑、两栖类的头脑、猫狗的头脑等应有尽有。如果能够自由自在地使用那些头脑的话，人类必定会获得 ESP 能力，不，应该说是重新获得。进而通过寻找如何使头脑不断发达的途径，使人类进化为比现在的人类更高级的物种，也不是不可能的吧？”

“可是，您说的将来人人都可以运用感应能力的问题，到底——”

博士只是温和地微笑着摇了摇头。

“现在，人类为了交流花费了多大的力气啊。你想过这个问题吗？语言的确是一种很不错的软件。毕竟它为储蓄知识作出了贡献，对于人类文明的发展功不可没。但它是不完备的，容易引起误会，而且各种语言之间有着隔阂。如果能够不通过语言进行交流的话，我们的文明会发生怎样翻天覆地的变化，你考虑过没有呢？”

女记者虽然对着博士举着麦克风，一边点头一边附和着，但她的眼睛却越过博士，望着导演那边。我看到摄制组的人用眼神悄悄在博士头顶上交流。

博士的这些话我已经听过多次，所以大致知道博士想要说什么，可是他们恐怕连一半都搞不懂吧。退一步说，即便能够理解，也不会觉得这般宏论有什么了不起的。

双胞胎姐妹即便具有感应能力，也不会影响茶余饭后看电视的观众们的世界观。人们就如同观看马戏团的杂耍一样，只是喜欢看姐妹俩不断地说中对方纸牌的图案，从中获得愉悦的感觉而已。

但是，正如博士所说，不久的将来，人人都有可能运用感应能力，人类会不断地向着更高层次进化，交流方式会发生根本性的变革等等，可这些观点已经大大超出了节目组的框架，不但如此，甚至有可能引起人们对感应能力的排斥心理。

站在电视台的角度，只想从博士嘴里听到有利于通过这个特别节目兜售超能力姐妹的言论。靠着《你所不知道的不可思议的世界》这样的噱头来提高收视率，让她们成为明星，引发 ESP 卡片的风潮，便达到目的了。

博士对此自然是心知肚明。博士曾经说过，对于真正的能力者，人们会表现出拒绝。

我明白，博士为了与追求趣味性的媚俗超能力节目组划清界限，无论如何也要说这番话。他想要表达的是，自己投入毕生心血进行的超心理学研究，与这些电视节目根本不可同日而语。

博士仍然在侃侃而谈。博士越是高谈阔论超心理学对于人类的贡献，挤在狭小研究室里的电视台摄制组成员的反应就越是冷淡。

4

“你这人可不怎么样啊。”

刑警们第二次来访时，海林警部补劈头说道。

“我怎么了？”

我故意吃惊地瞧着他的脸。

“让你给我们看香坂的信和备忘录的时候，你装腔作势地耽误了那么多工夫，谁想到，你早就在报纸上一字不差地发表了！是不是？”

终于露馅儿了，没法子，我估摸着也差不多了——

“我不记得我说过没有把信给别人看过啊。”

“可是，你为什么不说一声，你们看一下报纸呢？”

馆林刑警怨恨地说。

“不过，就算我那么说了，刑警先生不看到信的话，绝对不会相信我的吧？会怀疑我篡改了一部分内容或有所隐瞒，来找我要信和备忘录吧？”

“那倒也是。”

海林警部补很不情愿地点了点头。

诸位想必已经意识到了吧，我在开头曾多次提到过的“连载中的小说”，即是这部小说。我从一字不差地照搬香坂诚一的来信开始了这个连载。此后每次他寄来的信和备忘录，我都在转载它们的同时，尽可能真实地加入这期间自己身边发生的事或周围人的反应等等，一直连载到今天。

也就是说，第一次看到香坂诚一的来信时，有马就说“这是什么玩意”，这是因为他已经在报上看了我的小说的开头部分，以为那封素不相识的人寄来的信是我故意设置迷宫的拙劣写法，万万没想到是现实中存在的真实来信，所以看完之后，有马对我说“所以说你是没有才华的作家呢！居然会上这种钩”，还说“你为了寻找小说的素材，想要抓住每一根稻草，所以才会被这样一封信给迷惑了”等等，并非数落我打算跟对方谈交易，而是说我将素不相识的人的来信放在了小说开头。

还有那个蓬莱夏美，之所以能够立刻说出有马的名字，当我问她“你认识他吗?”她回答“没有见过面”等等，其缘由已经无需我赘述了吧。还有，我的妻子看了香坂的信之后，能够惟妙惟肖地模仿有马的台词也是同样的道理。

尽管我没有给有马看备忘录，但之前在一起喝酒的时候，有马曾经评价香坂诚一的信是“那样细腻的文章”。之所以他能够这样评价，原因也不用多说了吧。因为他和各位一样，已经看了小说了。

由于我想尝试尽可能同步写作，才勉为其难地要求编辑部允许我卡着时间交稿，结果搞得自己天天胃痛不止。没法子，这些都是自己决定的，怨不得别人。

“可是，比这些更成问题的是从上周开始到这周的那些内容。我们二人不但真名出场，而且我们上次在这里说的每一句话，你也都如实地发表在报纸上了！这怎么可以呢。”

馆林刑警表情严峻起来。

我当然知道不应该这么做。不过，会招致这样的结果早就在我的预料之中，但我仍然装傻充愣。

“我那样写，问题很严重吗？”

“那还用问吗！请你多少考虑一下我们的立场好不好。办案人泄漏正在调查中的案子会是什么结果，你应该也很清楚吧？我们为了让你给我们看香坂的来信，才破例告诉你那些情况的，却被你发表在报纸上了，这让我们很为难。”

“所以，我不是把所有经过都写得非常详细吗？那件事很明显是一种交易。那天刑警们没有带搜查令，我如果坚持的话，也可以拒绝给你们看信和备忘录的。不过，为了能够交换那些情报，最终我给你们看了信，配合了你们的调查，所以绝不是刑警单方面泄露信息，读者看了自然会明白。”

看见两位刑警哭丧着脸，我心里也觉得对不起他们。可是，被他们这么一说，自己也不可能停止写作。

“可是，你到底为什么要写那种小说呢？”

海林警部补依然哭丧着脸问道。那种小说？这大概就是他们的心里话吧。这还算是客气的说法呢，其实他们是想说“那种可恶的小说”吧。

“是一种实验。”

我尽可能保持着平静的表情回答。

“实验？”

“是的。与现实同步进展的小说，在多大程度上是可行的，算是文学实验。当然了，从交稿到刊登出来会有一点滞后，不可能完全同步。总之，我在这个小说中，尽可能同步写下连载时发生的事情。因此，不单单是刑警们，古濑博士和我的朋友有马，也是真名登场的。”

“与现实同步进展的小说？别开玩笑了。这种东西也可以叫做小说吗？我们找来了报纸，把所有连载都看了，说到底只不过是把身边发生的事，像流水账似的一一记录下来罢了！”

馆林刑警满脸通红地吼道。

在这种时候，先发火的一方必定输。看到馆林刑警通红的脸庞，我反而冷静下来了。

“刚才馆林刑警说，这种东西也可以叫做小说吗？这就等于否定了我国的文学传统啊。因为过去日本文学的主流，就是葛西善藏、尾崎一雄、上林晓等人创作的此类私小说。而且这些小说，大多是非常细致地描写作者身边发生的事——有时候甚至包括夫妇间的争吵。”

我变身成为语文老师。

“当然了，像如此彻底描写的先例，我想还不曾有过。有着无数狂热粉丝的某文坛大腕，曾经也是在网上征集对其作品的感想和意见，一边介绍这些来稿内容一边连载的。网上的来信和发给作者的建议，最快几天后就会在作品中介绍或引用，在当时引起了相当大的反响。然而，让刑警或嫌疑人——不知这么说是否合适——全都真名登场的小说，恐怕这还是第一部吧。在这个意义上，可谓是极致的私小说。”

两位刑警的愤怒早已不知所踪，以诧异的表情瞧着我。

警方还没有公布香坂是嫌疑人。在报纸上，关于哥伦比亚人被害案也只是报道了警察正在追查案发当夜失踪的日本毒贩的行踪。

然而，在同一份报纸的中间版面的某连载小说专栏里，却刊登出了与嫌疑人同名同姓的人单方面给作者写信，谈论根本不可能实现的计谋，以及自己少年时代的回忆等等，而且，最近开始详细介绍起了堕落为毒贩的过程。

当然对于香坂诚一这个名字，既然警方还没有公布，一般读者也只能以为是小说里的人物，实际上出版社也没有接到一个询问电话。今天警察的造访，是来自现实世界的第一个反馈。

“问题是，既然是警察来作者这里了解情况，那么不是应该先看过作者连载的小说吗？这样的话，就会发现香坂诚一从一开始就是真名。”

“我们对报纸上登出的有关该事件的报道都非常关注，

但不会看连载小说。”

海林警部补挠着头回答。不过话说回来，即便是警察看了，或许也只能认为，作品中人物的名字是偶然与逃亡中的嫌疑人相同吧。香坂诚一这个名字虽说不是那么常见，但同名同姓也绝非不可能。

然而，出现了搜查一科的馆林、海林的名字，就不能说是巧合了。或者说看到作品中的所有人物都是真实存在的，读者就会意识到这位香坂诚一可能就是逃亡中的那个香坂诚一吧。

这时馆林刑警突然醒悟过来：

“我们今天来找你的事，你也打算写进去？”

那还用说吗？但是我转移了话题。

“这个无可奉告。无论多么真实的小说，也会有某种程度的取舍。再怎么说，也不能像小学生写日记那样，早晨起来先刷牙再洗脸……之类的吧。”

“你是不是想说，写还是不写，全都由你说了算？”

意识到无法从我嘴里得到任何承诺后，馆林刑警恼羞成怒。

“这样的小说，从作者角度来说或许不错，但是，被写进去的人可受不了。”

海林警部补的表情就像咬到了虫子一样——其实我一次也没有看到过咬到虫子的人是什么表情，这不过是文学比喻罢了。多半二人被上司严厉数落了一顿吧。我虽然很同情负责侦办杀人等重大案子的搜查一科刑警，但也不能破坏这个小说的写作原则。

“不过，私小说一向是靠着出卖作家本人或周围人的隐私才得以成立的。从一开始就在看的有马，起初看到自己的名字时，吓得魂飞天外呢，但是现在，却津津乐道于小说。古濑博士好像根本不看连载小说，什么也没有说过。”

“你是不是以为我们本来想抱怨，但怕你连抱怨也写进去，所以忍着吧？你要是不适可而止的话，不单是我们，其他人也都会告你侵犯隐私的！”

馆林刑警满脸通红。

“写这种形式的小说，这是第一次，也是最后一次。”

这是实话。事先没想到会这么辛苦。

沉默了一阵。馆林刑警抱着胳膊，海林警部补托着下巴沉思着。

“那么，香坂本人知道连载的事吗？”

“不清楚啊。他不是在逃亡中吗？一定没有闲工夫看报纸吧？”

“嗯……”

“他要是看了的话，按说会在信里提到吧，可是根本没有。香坂的信和备忘录，我是一个字都没改照搬进小说的，读过信的你们应该很清楚吧？

“那么，那个连载小说是没有经过本人同意转载的了？你这么做可不是小事。信还好说，备忘录属于小说吧？你随便转载，自己领取稿费，不就是犯罪吗？”

“是啊……香坂诚一早晚也会控告我的……”

我平静自若地回答。两位刑警瞪大眼睛，从我的左右两侧死死地瞅着我。他们俩大概完全搞不明白我到底想要干什么。

“实在让人无法理解，你为什么冒着那么大的风险写这种东西。”

“因为已经开始了，只好硬着头皮继续下去。文学实验在任何时代都不得不付出相应的代价。”

我回答了算不上是理由的理由。

“前几天来的第四封信，你们要不要也拿走啊？正好从后天开始，要登载在报纸上了，你们要不把它拿去，一字一句地对照一下？”

我从抽屉里拿出信递给他们。海林警部补闪烁着深邃的目光接了过去，还让我把同信寄来的备忘录也给他，大概是知道这个反正会发表在报纸上，今天他看都没看就塞进了西服内兜里。

“还有，你说和香坂诚一没有见过面，纯粹是撒谎吧？”

海林警部补将他那令人惧怕的沉稳目光投向了我。

我的心脏怦怦直跳，我拼命装作不明白他的意思。

“您为什么这么问呢？是真的呀。”

“那么，为什么香坂在这么多作家中选择了你呢？”

“这个上次我也说过了，大概是觉得我缺乏想象力，是个很好的交易对象吧。”

“你还打算继续装糊涂吗？”

“我不明白你的意思。”

“那么，香坂为什么不再提‘犯人是读者’这种愚蠢至极的计谋了呢？香坂不是为了和你做交易才写那些信的吗？”

“谁知道呢？他大概已经放弃了吧？”

“如果放弃了的话，就没有理由再写信来了呀。”

“这么说的话，也是啊。到底是为什么呢？”

海林警部补叹了一口气。

“上次是因为听香坂的太太说出你的名字，我们才来找你的，在后来的调查中，我们查到了你和香坂的关联。”

我绷起了神经，小心翼翼的同时，竭力装糊涂。

“关联？我和香坂诚一能有什么关联？”

“你真的不记得香坂这个人了吗？”

海林警部补深陷在皱纹里的眼中发出锐利的目光。毕竟是总局的警部补，看似和善，其实完全不是那么回事。我的腿差点颤抖起来。

“如果记得的话，希望你能告诉我们。”

我拼命地摇头。

“你是山形市第二中学毕业的吧？”

海林警部补严厉地继续问道。

“是的……”

“初中一年级时，有一个只上了半年就转学的佐藤少年吧？”

“佐藤……”

“是一个叫做佐藤诚一的少年。他就是现在的香坂诚一。他在备忘录里也写了父母感情不好的事，后来他的父母离了婚，他入了母亲的籍，改姓香坂了。”

“佐藤诚一……”

“你的意思是说，对那个叫做佐藤诚一的少年，一点儿都不记得了吗？”

“哎呀，听你们这么一说，好像有个第二学期转学的同学。要是这么说的话，是有这个名字……不过，我没想到他就是香坂。”

“真的吗？”

“当然是真的。佐藤和香坂是完全不一样的姓嘛。姓名不同的话，一般想不到啊。”

海林警部补凝视着我。他的视线就像X射线一般看透了我的内心，仿佛要把真相曝光在光天化日之下。我不由得产生了坦白一切的冲动。

但是，海林警部补马上用沉稳的语调继续说道：

“好吧，退一步说，就算你不记得了，至少可以肯定香坂还记得你吧。既然如此，作为交易的对象，他想选择你的心情也是可以理解的。从事出版业的姑且不说，按说一般人是不会认识很多作家的。”

“说得对，所以才选择了我吗……”

我露出终于醒悟了的表情。

“不过，我和他并不是那么要好的朋友。要不然我怎么连佐藤诚一这个名字都给忘了呢。佐藤对他的妻子提到我的名字，说要是遇到难事，就找这个人，对我来说简直就是晴天霹雳啊。而且他为什么没有在信里写上曾经和我是同学呢？”

海林警部补没有回答。或许他开始觉得回答我的问题很愚蠢吧。

“那么，你觉得香坂的藏身之处会在哪里呢？”

“不清楚。不过，我刚才给你们的第四封信和第三封信一样是从青森寄来的。是不是说明他长期躲在青森近郊的某个偏僻温泉旅馆里呢？”

“那你就错了。如果他住在那种地方的话，我们早就抓住他了。”

海林警部补断然说道。

“那个人可没那么傻。他的确是往北去的，但每次都没有选择引人注目的穷乡僻壤，而是县厅所在地附近的中央邮局。即便在青森，他也不会住温泉旅馆，而是选择可以使用假名字入住的闹市区的简易旅馆。”

“有道理。既然你们知道得这么详细，为什么还不尽快去搜查青森的简易旅馆呢？”

“已经在搜查了。”

海林警部补不悦地回答。

* * *

回想起来，海林警部补最后的那个问题是在诱供吧。他认为我知道香坂的藏身之处，所以会故意回答错误。我只要提到有可能的地方，他们便可以在搜查范围里去掉那个地方。

可是，我只说了从邮戳联想到的地方，海林警部补感到不悦也是很自然的。

尽管如此，他们毕竟是日本的警察。虽然很晚才看到报刊的连载小说，但之后的行动可谓迅速，居然已经查出我和香坂的关联了。

只是他们犯了一个错误。

那就是，他们没有仔细阅读小说。虽然馆林探员说都看了，但一定看得很浅。

比如说，他们一直在问我香坂是否知道这个连载，可是如果仔细读小说的话，自然就会找到答案。上次他们来过我这里后，香坂写来的信里说“冬美好像对警察说了你的名字，真是对不起”，不是太巧合了吗？

在第二封信的开头，香坂写了一句“我相信您肯定看了那封信”，这是因为他亲眼看到了报纸。对于后来登载的有马对其计谋的各种批评或质疑，他宛如亲耳听过一般，能够回答得有条有理，也只能解释为已经看了那个连载。

我对他们说，逃亡中的香坂一定没有闲工夫看报纸吧？相反，也可以认为，没有人会比逃亡中的嫌疑犯更仔细地看报纸了。由于是优秀的日本警察，对这一点自然心里有数。

还有，上次的信里也留下了证据。香坂在信里写了让他做连带保证人自己却逃之夭夭的朋友，还说不方便提他的名字。如果只是给我一个人看的信，他就不必这样写了吧。

仔细看的话，香坂在信里到处留下了证据，表明他知道自己的信和备忘录一字不差地发表在了报纸上，而且自己也看了连载。

而且——算了，不要再瞧不起警察了。说不定他们早就意识到香坂看到连载了，只不过在故意试探我呢。

诚一啊，你打算怎么办呢？

真的打算干到底吗？

V

1

从那天开始，我就发现自己置身于警察的监控之下了。

在我家和写作室的公寓附近，一直停着伪装成普通车的车子，只要我外出，它必会尾随。平时在路上走着突然一回头，会看见一个怎么看都与时尚无缘的中年人饶有兴趣地瞧着面向年轻人的时尚品牌的橱窗。拐过街角时，我故意停下脚步，那个男人就会跟着拐过街角来，从我身边超过去。这样一来，那天就不会再看到那个男人的身影。

或许不只是一个人在跟踪我吧。

不仅是我，带着小不点出去散步的妻子也开始被跟踪了。想必警方投入了相当的人力。

说不定警察正在二十四小时监听我的电话，真是太辛苦了。我只不过是在写小说，跟香坂任何联系也没有。

*　*　*

在这期间，超能力姐妹的特别节目终于在黄金时间段播出了。

如预期的那样，获得了高收视率。

在画面中我只是一闪而过，采访也只出现了短短的五秒钟。

占据大部分播出时间的是姐妹俩的日常生活。她们作为“普通的”高中女生，在学校里努力学习，积极参加网球部的活动，休息日去卡拉OK或上街购物等等，没完没了的。这个节目就是为了推销她们，也无可厚非。

问题是对待古濑博士的态度。那天在研究室里对博士的采访，几乎都被剪掉了，唯一留下的是采访的最后一个镜头，那个脸涂得雪白的女记者问：“您认为姐妹俩的超能力是真的吗？”已经说累了的博士缓缓地点了点头。这个镜头大概就是电视台需要的。

在节目中，妹妹熏子被问及“与其他人也能够发生心灵感应吗?”的时候，她回答完全不认识的人恐怕很难，但朋友的话应该可以。而且还说，在最近的生活中，有时候会觉得“这不是以前看到过的景象吗”，这个场景也会在梦里出现，因此，她觉得自己大概有着某种预知能力。

而多华子对妹妹的话，只是很冷静地点了点头。

节目播出后，姐妹俩眨眼之间成了名人。

周刊杂志《凹版印刷》上也刊登了姐妹的照片。

听说已经有著名的艺人经纪公司跟她们签了约。也许是看到节目中姐妹俩放学后去卡拉OK的镜头，觉得她们有可能成为歌手吧。

在网上，支持她们的粉丝如雨后春笋般涌现，这些粉丝们分为多华子派和熏子派，从早到晚争吵不休。看上去熏子更有人气，但受不了她那做作的样子的多华子派也很强势。

大概由于受到高收视率的鼓舞吧，该电视台又组建了一个特别节目组，使用与上个特别节目完全相同的ESP卡片做实验。

姐妹俩那次再现了令人惊异的结果。

这个实验，我是不用说了，就连古濑博士也没有被邀请。而是一个更加年轻、形象更好的超心理学者作为姐妹俩的监护人出场了。

后来我也定期去博士的研究室，但我和博士都回避姐妹俩的话题。

不过，有件事我实在想问。

“关于上次的事。”

“什么事？”

博士把马克杯放在桌上，抬起头来。

“就是您说的，我们说‘获得’感应能力是不准确的，准确地说应该是‘重新获得’。”

“是的是的，你对此有什么想法吗？”

“我一直在想，那样未必可以看作是一种进化，虽然我没有自信断言，但是如果人类曾经抛弃了感应能力的话，是否可以解释为不需要那种能力而抛弃的呢？”

“你的意思是说，人类不需要那种感应能力吗？”

“应该……可以这么看吧？”

“那么，我来问问你，为什么人类对感应能力的话题这么感兴趣呢？如果是不需要而丢弃的话，不是没有必要重新关注它了吗？”

我无言以对。

“那是因为……尽管人们知道感应能力一般不会出现，但是当遇到亲人死亡等意外之时，就希望出现奇迹吧？”

“有道理啊。”

“我觉得，绝对不是每个人、任何时候都希望能够运用感应能力的。”

我提心吊胆地说完，博士打着手势说道：

“这可不好办了。这个问题涉及我这一研究的意义本身。我正是为了让整个人类恢复 ESP 能力，根本改变未来人类的交流方式而进行研究的。”

“这个我明白……”

“任何生物都不会停止进化，人类当然也不例外。不过，虽说是进化，但即便个头越长越高，或跑得越来越快，也只是改变了世界纪录，对于我们的文明没有赋予任何恩惠。就是说，将来人类要进化为比现在更高级的人类的话，其进化并非外部的，应该是内部或精神层面上的。那么请问，现在人类最缺乏的是什么呢？”

“您是想说，最缺乏的是交流能力，对吗？”

“可以这么说。现代社会中虽然交流的途径泛滥，但有着交流障碍的年轻人却在增多。事实证明依靠容易导致误会的语言交流模式已经不够了。经常使用的器官进化，不经常使用的器官退化，从长远的眼光来看，退化也是进化的表现之一。”

“可是，如您所说的话，先驱能力者这种叫法不是很矛盾吗？”

“不错，哈哈。听你这么一说，的确是这样。那就另外考虑别的名字吧。不过，在某种程度上也是没有办法的。在天文学的世界里不是也把寿终正寝的老星叫做超新星嘛。”

古濑博士使劲比划着，滔滔不绝地说下去。

我呆呆地望着他，心想，这个人的确不应该和电视台扯上关系。要让媒体喜欢他，实在是一种奢望。

2

就在这段时间，香坂诚一的第五封信寄来了。

我不禁感慨起来，在刑警们的眼皮子底下，这封信居然能够平安无事地到达我手里。不过，想想也不奇怪，我又不是嫌疑人，纵然是警察也没有权力截获或者拆看寄给我的信。倘若他们握有我帮助香坂逃走的证据，或许可以采取搜查等强硬手段。大概一个小时之后，海林警部补会光临寒舍，以“协助搜查”的名义，要求我交出来信，但只要日本是法治国家，第一个看这封信的权利就只属于我。

今天好像没有备忘录。但是信依旧是厚厚的一沓。

我立刻开始看信。

也许他觉得已经不需要寒暄了，直接接着上次的话题写起。

卖毒品的确很赚钱。白天在公司上班，夜晚担惊受怕地躲避着警察，这个非法的活儿在精神上和肉体上都渐渐侵蚀了我。

我用来说服自己的理由渐渐不管用了。每当我把货给买家时，都会亲眼看到对方在一天天憔悴下去。以前把药融化在饮料里喝的年轻男女，现在一拿到药，就像饿虎扑食似的一拥而上。日本年轻人的身体和头脑正在被迅速腐蚀着，可惜养肥了卡洛斯及其贩毒组织。我亲眼目睹了这一切，不仅是目睹，还参与其中，成了他们的马前卒。

而且卡洛斯对我的要求逐渐升级了。最初说好的是一周干几天，可是后来他开始劝我干脆辞了那份工作，每天都干这个。虽然我知道干这个来钱快，可以早点把借的钱还上，可是这样下去，自己就彻底沦为卡洛斯的手下之一了（只能通过卡洛斯拿到报酬，所以绝对不能违抗卡洛斯的命令）。因此，我一直想方设法拒绝他，守住这个底线。

事情发生在那一天夜晚。

我像以往一样给一个在迪斯科干活的熟客送货后，看到一个女子在廉价公寓后面的小路上呕吐。

就像网球手那样，她的两个手腕上都戴着护腕。

最初我以为她只是喝醉了，想从她旁边走过去，可是，走过她身旁的一瞬间，她抬起头来，路灯照亮了她的侧脸。

——惠利佳。

我差点喊了出来。

当然是认错人了。惠利佳怎么可能出现在这里呢？我从女子的话和动作，立刻意识到她处于幻觉状态，精神错乱。

我可能给她送过一两次货，但不能确定。因为迪斯科里很昏暗，只要确认了接头的标志物即可，一般不看对方的脸。

不用说，即便她是客人之一，我也没有义务在这里照顾她。只是我知道那天有警察在那一带巡逻。要是不带她离开那里的话，她肯定会因为吸毒和非法持有毒品被逮个现行的。我不忍心看着她被捕，就把她搀扶起来，从她的胡言乱语中问出了住处，便叫了一辆出租车把她送进车里。

我本来只是想把她送上车自己就走的，可是那个出租车司机很不乐意的样子，一个劲问我："她没事吧？""身上带钱了吗？"他大概以为这个女子是醉酒，担心吐在他的车上吧。结果为了不被轰下车去，我也只好上了车。

顺利地到达了之后，我把她的胳膊架在我的肩膀上，搀扶着她下了车。我还记得司机用好色的目光一直盯着我们的背影。

来到她的家门前，她马上恢复了意识，自己掏出钥匙开了门，但是立刻又陷入了混乱。

我费了好大劲把她扶到了床上，让她躺下，正要离开，她突然坐起来抱住了我。我自然不会因为这点艳遇就做出什么事来。很显然，她把我误认为别的男人了。我慢慢地把她从我身上分离开，一边安慰她一边让她坐在床上。

我确认她平静下来了，再一次打算离开，可是刚刚还坐着的女子，如脱兔一般飞快地跳起来，冲到茶几那边，从抽屉里拿出一把折叠刀，直接割破了自己的手腕。

我慌忙跑过去，拼命地夺下她手里的刀。

看着她的手腕，我倒吸了一口凉气。原来我以为她是模仿网球选手而戴的护腕，其实是为了掩盖手腕上无数的疤痕。她是个瘾君子，药一接不上，就会陷入巨大的痛苦，反复地自残。

幸好厨房里有一个急救箱。我给她止了血，包扎了伤口，她终于安静了一些。可是，只要我一准备走，她就叫喊着不让我走，紧紧地抱住我。她似乎还没有清醒过来，我什么话也没有说，一直紧紧地抱着她。

黎明时分，再度清醒过来的女孩子看见房间里有个陌生的男人，轻轻地叫了一声，质问“你是谁”，我告诉她昨天晚上我把她送回家，我和她是一丘之貉，让她放松下来，她还隐约记得我给她送过几次货。

一眨眼的工夫她又折腾起来了，对我嚷着：“既然如此，给我海洛因。”

我骗她等晚上给她带好东西来，好歹把她哄睡了。因吸毒导致的幻觉使身体消耗很大，她再次睡着后，就没有再起来。

反复自残的人，往往是因为陷入了可怕的孤独感，觉得这个世界上只剩下自己一个人。我为了能够让她每次醒来时都能看到我，当天跟公司请了假。她睡觉时我出去办了点事，万幸我回来时她还没有醒。

她再次醒来已经是傍晚了。此时她的毒瘾已经开始发作，一看到我，就说“快给我”，我就把货给了她。

二十分钟后，她又睡着了。我给她的货其实是我自制的，是安眠药加小麦粉。我试图利用自己是毒贩的身份，把她从瘾君子的泥潭里拯救出来。

她就是我的妻子冬美。

遇见冬美之前，我一直以为自己除了惠利佳再也不会爱上别的女性了。可是对一个已经不在这个世界上的人还一直念念不忘的空虚感，此时深深地折磨着我。

彻底消除冬美身体里的可卡因花了将近一个月的时间。在这期间我一直尽可能守在她身边，不过，归根结底还是靠她自身的努力。最初冬美知道我给她的是假货时，大骂了我一顿。但是，当她知道我是真心为她的身体着想后，便开始以坚强的毅力去战胜地狱般痛苦的毒瘾了。

说到底，所有人都是孤独的。只要有人陪在自己身边照料自己，人就会积极地生活下去。

在一起生活了三个月后，冬美怀孕了。

像我这样的人也有了孩子。

这个事实给我带来了巨大喜悦。

以此为契机，我要让自己和冬美的关系合法化，我想把这个想法告诉冬美。

可是现实阻止了我。想想自己现在的状况，结婚是不可能的。嫁给我这个背负着巨额债务的男人，冬美是不会幸福的。

烦恼了几天之后，我下决心和冬美分手，我把借债的事告诉了她，要她打掉孩子。

可是，冬美的回答完全出乎我的意料。她说巨额债务比起给自己喜欢的男人生孩子来，根本不值一提。债务两个人一起来还就可以了。我把这些写在信里，真是难为情，但这个瞬间是我悲惨的人生中最美好的时刻。

为了避免误会我想补充一下，对我来说冬美绝不是惠利佳的替代品。冬美丝毫没有惠利佳那样小恶魔的影子。她的攻击性是朝着自己内心的，这就是冬美。我发自内心地爱着这样的冬美。

结婚后，我立刻瞒着冬美买了人寿保险。为了防止我有什么不测，不会给冬美和孩子留下债务。我再说一遍，即使我死了，那些家伙也不会住手的。我尽可能不签订特约[①]，选择了死亡保险金最高的保险。

医生的诊断很顺利地通过了。要买保险，只要身体健康就可以。而我这个人，在身体方面是毫无问题的。

其间，卡洛斯的要求不断升级。他开始要求我不仅送货，还要从哥伦比亚往日本运毒。卡洛斯盯上了我，他觉得我这家伙可以用。

---

① 特约，指附带特别条件的合同，或附有其他收益的合同。

运毒的报酬远非送货可比，很有吸引力。我差一点就上钩了。

可是，干这个就等于让日本的千千万万年轻人变成瘾君子。

卡洛斯可能会说，你已经给我干了这么长时间的活儿，事到如今还装什么正人君子啊。可是在我的心里，送货和运毒之间有着明确的界限。无论谁卖，国内毒品的总量是不变的。我不干的话，吸毒者也能从别人那里买到。

然而，运毒可就完全不一样了。干这个等于是明确宣布助纣为虐，将这个国家浸泡在毒品里。

我对卡洛斯说，运毒我是绝对不会干的。

于是卡洛斯冷笑着回答，你要是当上班族的话，上哪儿赚这么多钱啊，别得了便宜还卖乖了——

“可是原来不是这么说的呀，不是只送货吗?”

当然不可能——

“我实在不忍心看着日本的年轻人一个个都变成废人!”

我从来没有这么大声说过话。可是卡洛斯听到我的这句话，反而露出了我从未见到过的愉快表情。

“说什么梦话呢，这不正是我们的最终目的吗？二十一世纪是我们的时代。美国已经从里到外开始腐烂了，排在美国之后的是哈巴狗似的日本，我们要让这个国家的年轻人全部吸毒，让这个国家崩溃，我就是为了这个才来日本的。”

卡洛斯说完哈哈大笑起来。

决定命运的那天来到了。卡洛斯把我叫到西新宿的废弃大楼，二话不说，塞给我一张经停智利前往哥伦比亚的往返机票。他已经给我准备好了用于存放毒品好吞进肚子里的树脂，让我在回来的飞机上，把货吞下去，过了海关之后，在和贩毒组织有关联的医院里做开腹手术。

“开什么玩笑，我不是说了不干吗！”

见我一直不同意，卡洛斯从裤兜里掏出一把小刀威胁我。“少废话，你已经是我的手下了，你根本别想逃掉。你要是敢背叛我，无论你跑到天涯海角，我们的组织也会找到你，把你杀了——”他绝非只是嘴上吓唬我，跟卡洛斯认识了这么久，我很清楚。

但是，我仍然不同意。

“就算你这样胁迫，我也不想干。”

于是卡洛斯突然朝着我的胳膊刺了一刀。短袖下面的胳膊被刺破，立刻血流如注。

现在想想，当时卡洛斯恐怕并没有打算杀死我，不然的话，怎么会刺在胳膊上呢。他大概是盘算着给我点颜色看看，好让我服软，乖乖地听话吧。可是，当时我哪有工夫想那么多。感到生命受到危胁的我，拼死抓住卡洛斯握刀的手腕，一向看不起我的卡洛斯也拼命地反抗着。

搏斗的时候，只听见卡洛斯突然喊了一声“混蛋”，然后慢慢地倒了下去。

我这时才发现，卡洛斯的刀子竟然已经扎在他自己的心脏上了。

我向老天爷发誓，我说的都是真的。

香坂诚一　敬上

3

“她们俩简直成了宠儿了。”

我一如既往地喝着黑咖啡，说道。

古濑博士对于自己以真名在我的连载小说里登场仍旧不发一言。就算博士自身不看连载，周围的人也应该会告诉他的，或许是因为博士超脱世俗，即便有人告诉他，也完全不介意吧。

“有个玩具厂家制造了印有她们照片的ESP卡片，结果卖疯了，老是断货，博士所期望的大家都对感应能力感兴趣的时代，或许真的到来了吧？”

但是博士静静地笑着说了一句谜一样的话：

“这个嘛，恐怕也就是这一周了。”

“这一周？”

“那对姐妹根本就不是什么能力者噢。主谋是妹妹熏子，说服了姐姐，到处作秀。”

我怀疑自己听错了。

“那么，那个ESP卡片的实验呢？难道您的意思是，那个也是骗人的？”

“可以这么说吧。”

博士非常遗憾似的。

“可是，那个实验是博士亲自设计的呀，不是绝对不可能作弊的吗？而且，高兴地说‘那个实验，是真正的能力者的证明’的，不正是博士您自己吗？”

“那个实验？”

博士表情茫然地看着我。

“就是实验之后有关姐妹俩的采访呀。”

博士今天也挠着乱糟糟的头发。

“姐妹俩最初或许只是开了个小小的玩笑。她们在父母面前一表演，父亲就当真了，鼓励她们真有超能力的话就能出名，去电视台推荐姐妹俩的也是父亲。随着电视台的宣传，想必连她们自己也一点点当真起来了吧，那两个孩子其实只是想要出名。”

“那她们是怎么说中的呢？那天洗牌、摆牌的不是给博士当助手的学生吗？再说那些卡片也是您这边准备的。”

“那是当然。卡片本身并没有什么可捣鬼的。为了确保卡片的排列完全随机，我让他们每次实验之前都重新排列一次。”

“那她们怎么会……”

“是很低级的手法。使用 ESP 卡片进行通信实验，是她们提出的。而且她们觉得 100% 准确率的话会引起怀疑，所以故意偶尔出错。尽管是很低级的手法，却也容易产生盲点。”

“那么到底是……怎么回事呢？”

“她们事先准备了暗号。”

“暗号？”

“是的。”

“可是她们应该都是待在完全隔音的booth里的吧？她们是怎么把暗号传递给对方的呢？”

“根本就没有必要传递啊。”

“我不明白。”

我摇了摇头。

“暗号不一定要在实验时进行传递。这次根本不可能在实验时传递暗号，所以在实验开始以前就已经说好了——估计是妹妹熏子提出的吧。”

“可是，妹妹选择的卡片根本没有什么规律性啊。而且如果50张的话还好说，总共可有600张啊！中间休息时她们也没有交流的机会，再说她们根本不知道实验会持续多久。”

我并非想维护那对姐妹，只是理解不了。

“600张算什么，1000张2000张都不在话下。”

博士继续说道。

“我对姐妹俩选择的卡片进行了统计，结果发现，她们选择的卡片是很分散的。其比例是星形 26%、波浪形 22%、圆形 18%、四方形 14%、十字架 20%。”

“这说明了什么呢？”

“当然，卡片的出现频率有差异没有任何问题。让机器随机选择的话，会得出接近 20% 的结果吧。毕竟是人在选择，自然会有个人喜好的因素掺杂在里面。可无论是姐姐选择还是妹妹选择，几乎都是同样的百分比。对这一点你不觉得奇怪吗？”

“对卡片的喜好也完全一样？不愧是双胞胎。”

博士却摇了摇头。

“问题在于偏差的比例。”

“这个比例说明了什么？”

“26%、22%、18%、14%、20%，根据这 5 个数字，你意识到了什么？”

“没有。”

我摇摇头。

“实际上这个比例和日语母音出现的频率几乎是一致

的。日语是世界上最难的语言之一，但其音节构造非常单纯，而且，母音的出现频率恰巧是a26%、i22%、u18%、e14%、o20%。ESP卡片总共5张，和日语母音相同，姐妹俩就是发现了这一点。就是说，她们把ESP卡片分别与5个母音相互对应，通过语言的形式传递信息。这样的话，比无意义的排列更加容易记住。”

“……”

我完全听呆了。

“如果不是像这次这样，不将两人分开，她们就可以在实验中直接通过声音来传递。‘选这个吧’‘会顺利吗’或者‘有点累了’等等，发送信息者可以随意传递信息，不用担心别人会怀疑。接收信息的人按照母音来选择卡片就可以了。可是，这次我们的实验杜绝了这个可能性，把两个人放进了两个完全隔音的booth里。因此两个人使用的暗号实在出乎我的意料。”

“那是什么呢？”

“是她们喜欢的歌手的专辑。”

“歌手的专辑？”

“是的。两个人从专辑的第一首歌开始按歌词的母音选择卡片。对于每周都去卡拉OK，在电车里也听音乐的年轻人来说，记歌词易如反掌。作为暗号使用，是最适合不过的了。”

“有道理……”

“真是个好法子啊。这样一来，只要选择了一个专辑，无论两个人之间相距几百里都可以实施，而且看上去完全是随机的。所以，她们只要事先商量好今天选择谁的专辑就OK了。”

我想起了在休息时间，用随身听听音乐的姐妹俩的样子。这么说她们装作在放松，其实是在确认暗号。

“可是，最近的曲子，中间会出现英语吧？那个时候怎么办呢？”

“是日语式发音的英语吧？所以，母音仍然只有5个。”

博士说着，苦笑起来。

“还是您厉害。”

可是博士摇了摇头发乱蓬蓬的脑袋，皱起眉头。

“其实一开始就有些可疑的地方。我们用计算机对卡片的频率及其比例进行了彻底的分析，想看看有没有什么规律性。果然，发现了反复多次出现的组合。这成了突破口。”

“这就说明了……”

“星形、波浪形、波浪形、四方形、圆形与母音对照一看，即表示a、i、i、e、u。怎么样，你明白了吧？”

还是不明白。我含糊地点点头。

“其实，那个部分是‘我爱你’。情歌中经常出现。”

“原来如此……”

“过一会儿有个周刊要来采访我。我会把刚才对你说的那些都告诉他们。对于姐妹以及她们的父亲和节目组，我只能说抱歉了。因为真正的能力者的最大敌人就是招摇撞骗的家伙，所以我必须说出来。”

博士斩钉截铁地说道，收起了苦笑。

“要不要再喝一杯咖啡？”

“啊，好的。”

我仍然有些茫然。

我每周来博士的实验室一次，渐渐习惯了这种浓咖啡。博士乐颠颠地往咖啡机里加入了大量的咖啡粉和水。说日本咖啡的百分之十是这个古濑研究室消费掉的或许太夸张，但百分之一估计有。

“不过，前些天来的两个男孩子，倒是很有趣。”

博士走回来，从抽屉里取出一张图表样的东西。

“男孩子？”

我已经彻底忘了，是孤儿院的两个男孩子做的通信实验。

“这是什么？”

“请回忆一下。第一次，和弥君选择的是向日葵的照片，对吧？刚士接过去后，说出来的单词是蓝天、白云、新鲜的空气。但刚士最终选择错了。”

“是的……”

“可是蓝天和白云，实际上向日葵的照片和蝉的照片上都有。

“可是……”

“第二次，和弥发出的信息是交叉路口，而刚士选择的是凤蝶。那么，这个结果到底算不算失败呢？”

“难道不是失败吗？”

我不满地说道。

“请再仔细看一下第一次实验的照片。在一片向日葵的上方，是不是有很多蛾子般的蝴蝶在飞？”

“没错，是有蝴蝶在飞……”我接过照片盯着看。

“假如当时刚士接收到的就是这个信号的话，该怎么看呢？虽然图案和大小不一样，但因为同样都是蝴蝶，所以选择了凤蝶。第三次，和弥发出的信息是锦鲤，而刚士选择的是小丑。可是，你仔细看一看。在第二次，交叉路口的照片中央，有一个很小的汉堡包快餐店。”

果然如此。店头有个吉祥物小丑，拿着气球站着。这是司空见惯的光景，所以根本没有注意到……

“可是，这不是前一次的照片吗？”

“是的，所以恐怕是转移效果。发送者传送的信息不会立刻消失，而接收者就会收到对方心中的残渣。这次的实验，刚士很可能选择了和弥前一次发出的照片信息，而且其中的一部分被异样地放大。”

“可是，为什么会发生这样的情况呢？”

“其实少年们从最初谈话的时候，就表现出了抵抗。”

“抵抗？”

“不想让周围的人知道自己的能力。具有抵抗心理的人，即便自己主观上全力以赴，也会无意识地去隐藏能力。但是，又不愿意被别人认为自己完全没有能力，于是就以非常扭曲的形式表现出来。”

“您的意思是说，这次实验的结果就是这个心理造成的吗？”

“是的，可以肯定，使用语言以外的方式进行交流，只是他们俩之间的秘密。对孤儿院的工作人员说漏嘴，两个少年很后悔，如果留下结果的话，害怕今后还会被拉去做这类实验，然而完全没有结果的话，自己又会被人看作骗子。这种心态导致了那样的结果。”

我呆呆地看着博士的脸。

“所有能力者的心理都有着同样的倾向。虽然对于发挥能力有所抵抗，但是又不愿意被人看作凡人。”

真是怪了，被认为是真的能力者的双胞胎姐妹是假的，而看似失败的少年们却有可能是真的能力者……

那两个少年到底是不是真的能力者，我是判断不了的。

可是他们的心理我能够理解。真的能力者是不需要别人承认的，只要自己知道就足够了。

也就是说，一旦产生想要得到媒体或学者认可的想法，其真实性就值得怀疑了。越是真的能力者越是不会通过媒体表现自己的能力。比如说，协助福来博士的千里眼实验取得了惊异结果的女性能力者，因被媒体称为骗子而苦恼万分，最终服毒自杀了。真的能力者会遭受周围人的恶意，无法过正常的生活。所以宁可不让任何人知道，悄悄地拥有能力。

自己的能力得到证实，或是通过实验仪器留下确凿的证据，会威胁到现在的生活。他们害怕一不小心使用了自己的能力，从而被周围的人知道自己是能力者。

假如这样，真的能力者绝对不会出现在电视里，而是悄悄地生活在社会的某个角落里。

因此，他们的能力不到万不得已时——一辈子或许只有几次机会——绝不会使用。

“恐怕在他们二人之间，发生了量子传输的现象。所谓量子传输，就是成双成对的量子之间，一方发生的变化会瞬间传递给另一方量子。而且无论这两个量子距离多远都会发生。”

博士依然滔滔不绝地说着，我呆呆地凝视着他那一头乱蓬蓬的头发。

其实我也认识一个算是具有超能力的人。

如果告诉博士的话，他会是怎样的反应呢？

虽然我没有亲眼见识过他的能力，因为那是一种很难确认的能力。但是他本人很肯定地说自己有这种能力，况且他不是一个说瞎话的人。

如今我知道了博士豪迈的理想，不由得产生了想要把他介绍给博士的冲动，不过，会不会已经太晚了呢？

Ⅵ

1

今天感觉很冷，有了秋天的寒意。

我独自在工作室里苦思冥想。

最近，每天看报纸上自己的连载简直成了一件痛苦的事，犹如锉刀锉着自己的神经。

我的做法是否正确?

我的所作所为应该不会受到法律的制裁。

但是，道义上伦理上的责任恐怕是推不掉的。

我现在对于作家身份已经无所谓了。可能的话，真想把这个连载给停下来。

就在这时，电话铃响了。

来电话的是海林警部补。我的第一反应是，他会劈头盖脸地呵斥我居然还在报纸上写他们的事，或者是对我宣布某个国家权力机关下发的处理通告。也说不定是从法院发来的暂停连载的处理决定。

出乎意料的是，海林警部补阴沉地说：

“你的朋友找到了。”

“朋友？”

“就是香坂诚一啊。不是你的好朋友吗？”

一向厚道的海林警部补说出了这么一句挖苦话，可是我根本没有余力对此做出反击。

“他到底在哪里啊？”

我紧张地问道。电话那头沉默了。也是，人家的确没有什么义务告诉我，就在我这么想的时候，听到了海林警部补那洪亮的声音。

“是福井县的一个人口十万左右的小城市。你知道那里吗？他伪装成往北走，却沿着日本海南下了。”

我告诉他自己完全不知道那个地方，这是实话。

关于第五封信的邮戳，我在小说里没有提及。既然我和香坂的关系已经被警方查明，就没有必要再伪装中立了。

但是，那封信的邮戳并不是福井。

“香坂并不熟悉当地的情况，竟然隐藏得那么好。”

“然后呢？诚一没什么事吧？”我提心吊胆地问。

“你为什么这么问？”

海林警部补不失时机地反问。

“我只是说找到了香坂，可是你却问我他有没有什么事，你到底是什么意思呢？”

“这个……”我语塞了。

“算了，关于这方面的问题回头再仔细问你吧。他并不是没什么事。”

“那么说诚一他……”

“我们找到他的时候他已经死亡了。但是由于他身上没有任何可以证明他身份的东西，需要进一步确认，但应该错不了。在他房间里的桌子上，还摊着有你小说连载的报纸呢。”

我眼前顿时一片黑暗，好容易才发出了声音。

“死因是……什么？”

“死因不明，所以会进行解剖，暂时没有发现外伤。”

“可是……你们是怎么找到他的？”

“因为临死之前，香坂给他夫人打了电话。香坂用奄奄一息的声音把他的所在地告诉了妻子。我们得到消息立刻和当地警察取得了联系，可是他们赶到时，已经晚了。”

想必是诚一想要在临死之前，最后听一听爱妻的声音吧。

海林警部补告诉了迄今为止一贯不配合警方的我这么多信息，令我生疑，但原因马上就明白了。

“现在准备把他的遗体运到东京来进行司法解剖，不过，打算最后请你认一下。正如刚才我说的那样，他身上没有任何可以证明他身份的东西，而且香坂的妻子即将临产，已经住进了医院，现在尽可能不让她受到刺激。”

“我吗？可是我自从中学以来就一直没有……”

海林警部补严厉地打断了我的辩解。

“不要再编了，对你没有一点好处。我们已经彻底对你进行了调查，有目击者说，在卡洛斯被杀当晚，有一个长得很像香坂的男人去过你的工作室。你和香坂诚一肯定在那天夜里见过面。”

2

死者果然是香坂诚一，即曾经的佐藤诚一。我辨认之后，闭上眼睛为曾经的同学哀悼。

司法解剖断定死因是心肌梗死。

据说诚一是用假名住在福井的一个商用旅馆里，发现他尸体时房间是从里面锁着的。警察让经理用钥匙打开房门，房间是完全的密室，没有任何人入侵的痕迹。而且既然是心肌梗死，警视厅搜查一科就没有什么可查的。

很显然，海林警部补对于诚一临死之前打给妻子的电话抱有怀疑，但是，既然不具备他杀性，他也无可奈何。

关于杀死卡洛斯一案，据说已经将嫌疑人死亡的卷宗直接送交检察机关了。虽然很不可思议，但只要卷宗送检了，就可以名正言顺地解散专案组了。

我在专案组挨了好一通训斥。特别是海林警部补上司模样的肥硕长官，狠狠地臭骂了我一顿，听他的口气好像我是个人渣似的。但是关于卡洛斯死亡的真相，诚一自己在信中已经说清楚了，再加上诚一是自然死亡，那么，他们除了痛骂我之外，无法给我罗织任何罪名。我被警方二十四小时监控，足以证明我根本不可能离开东京一步，况且他们也没有掌握我与诚一联系的丝毫证据。所以，尽管我不合作，但最后还是不得不把我放了。

不出我所料——

我和诚一再次相遇大约是在一年前。

是他来找我的。

我和诚一虽然只做了一个学期的同学，但确实是朋友关系。诚一在信里写下此生只有两个朋友，其中一个是事业失败的 A，而另一个就是我。

关于这一点，我的确对警察撒了谎，但小说里没有撒谎。

那是他转学之后我们第一次见面。我不知当时诚一是否怀有明确目的，我一直认为他是为了重温同窗之谊才来找我的。

当时我们聊了很多，后来他说起了“罪犯就是读者”的推理小说创意。尽管自己有这个创意，但没有自信写出来，所以想请身为小说家的我替他写出来。诚一再次转学之后，成了家里蹲，在看书时想到了这个点子，一直埋藏在心中，没有告诉任何人。

我听了那个创意之后，惊愕异常。可以说这是只有诚一才想得出来的创意。

但是我拒绝了将这个创意写成作品。因为我觉得这个创意简直就是天方夜谭，虽然能够理解，却根本无法实现。

但是诚一不放弃。他说肯定能够实现的，早晚有一天会证明给我看。那时我还没明白他这话的意思。

关于创意，那天诚一就说了这么多。我们聊了好多，最后约定近期再见，就分开了。

后来我才知道，其实那时候诚一已经被高利贷逼得苦不堪言了。或许诚一那天来找我，原本是打算跟我借一笔钱的，可是看到我那寒酸的工作室，便放弃了这个打算吧。直到发生了那起案件为止，我对诚一的悲惨境遇一直是一无所知。

那起案件，发生在我即将开始这个连载之前。一天深夜，诚一再次来工作室找我。之所以那么晚了我还一个人泡在工作室里，就是因为对即将开始的这个新连载的构思不太满意，正发愁呢。

原本肤色就很白的诚一，那天的脸色出奇的苍白。他一走进房间，就飞快地对我说，一年前向我保证过的那个创意能够实现，现在时机到了。

我问他这话是什么意思，诚一突然从口袋里掏出一把带血的小刀，告诉我他刚刚杀了人，正准备逃走。然后把那把刀架在我的脖子上，逼着我同意实行那个计划。

沾着暗黑色血的刀子虽然横在我的脖子上，我却仍然在犹豫。因为那个计划是否可行，不写就不可能知道，再说，就算成功了也会伴随牺牲。然而诚一的态度很强硬。“我虽然是正当防卫，但毕竟杀了人，早晚会被警察通缉的。你下周就要开始连载小说了，再也没有这样的机会了，不抓住千载难逢的机遇，你还算是小说家吗？”诚一这样逼迫我就范。

诚一甚至威胁我说什么事到如今，杀一个人和杀两个人也差不了多少，不过我知道，他不过是说说的，不可能真的杀我。

此时的诚一，已经不再是曾经那个懦弱的少年了，而是一个为了要守护的东西豁出命去的男子汉。

我说过我很害怕拒绝别人，再加上此时我对诚一的提议产生了极大的兴趣，于是一切开始了。

他的计划就是让我一边同步地转载自己的来信，一边写这个小说。

信的内容完全由诚一决定，因为不是诚一自己写的文章就没有意义。我只是提出了“罪犯就是读者”的创意是否妥当的问题。因为，这是个喜欢推理小说的读者肯定会感兴趣的主题。为了实现计划，一定要保证连载不会由于评价太差而半途中断。

后来，诚一给我寄来了超出预期的有趣的信件。我一句也没有修改诚一的文章。诚一直到最后也很担心自己的文章差劲，其实根本不是那么回事。那是我这种世故圆滑的人绝对写不出来的文章，是诚一脆弱的灵魂的产物。

在每封信之间填入文章则是我的工作。我给自己定了个规矩，在连载期间尽可能毫无遗漏地将自己身边发生的事情写进去。

我把自己等待诚一来信的心情也如实写进了这部小说里。看完诚一的第一封信后，我之所以“一时间脑子里什么也思考不了，陷入了茫然的状态”，是因为从信里感受到了诚一毅然决然的决心。之后，我开始担心信什么时候来，信的分量有多少等等，我之所以变得非常神经质，各位也能够理解了吧。

实在写不下去的时候，我也诅咒过诚一。真不应该被诚一忽悠，按照自己当初的计划写小说就好了。这是我当时的真实心情。

我虽然烦恼于不能按时交稿，但只要一收到信，就能够一口气写出一个星期的稿子，这其中的缘故也不用我多说了吧。

还有，以前我对警察们也说过，毫无遗漏地将自己身边发生的事情写进小说是不可能的，毫无疑问，取舍选择在起作用。我去古濑博士研究室的真正目的，也是为了请教一下是否可以从超心理学的角度解释诚一的症状。尽管没有得到明确的回答，但博士的学说某种程度上解决了我的疑问。

关于保险的免责期，由于蓬莱夏美给我讲了有趣的故事，所以我全都采用了。原本请她进入我的工作室，就是为了让她给我讲讲保险的一些内情。结果我和她签了一份六个月的意外保险合同，应该说这点付出已得到了足够的回报。

唯一不在预料之中的是诚一对妻子说出了我的名字，让她遇到困难的时候找我。因为这个缘故，警察来找我比预料的要早。当然了，早晚连载会被警察注意到，而诚一这么做也是想尽可能减少身怀六甲的妻子的精神负担吧。

之所以我把手里的信件作为交换条件跟警察进行交易，是为了尽量打听有关卡洛斯的案子。我写这个小说里的最大目标，就是一方面实现“罪犯就是读者”这个构思，同时让诚一向警方自首，这样一举两得。

而且我还抱着一丝期望，从案发现场的情况来看，如果警察认为卡洛斯是意外死亡，而诚一属于正当防卫的话，我就把这个情况如实写进小说里，传达给本人，说不定能够改变诚一原来的打算。

可是警察们似乎不是这样想的，最终我也没有能够改变诚一的决心。关于这一点，我深感遗憾。

3

我还有最后一件事没有做。那就是转载诚一死亡当天早上寄出的最后一封信。

还有，香坂在信中称呼的“您”并不是我，而是正在看连载的您。您可能已经意识到了，从一开始的那封信起，香坂都是在与您交流。

您好

这是我的最后一封信了。

如果顺利的话，您看到我这封信的时候，我已经不在人世了。

可是，还真不知该从哪里说起才好。

在第一封信里我是这样告白的：“在我迄今为止的人生里，从未好好写过一篇像样的文章。”

或许我的告白，您没有当回事吧。因为这样的句子，一般是外行人在写文章的时候作为自谦语使用的。或者也可以说，自己虽然不是专业作家，但只要想写，也能写出差不多的东西来的自负心理。

然而我的情况不一样，我真的没有写过文章。

您自然会想，那么，那些私小说似的备忘录又作何解释呢？

请您少安毋躁，继续往下看。

读过每一篇备忘录的您，应该不用我多说了，我从小就是个很自闭而内向的孩子。

在历任班主任中，虽然有关心我的老师，但是也有对我态度不好的。

小学高年级时的班主任，就是后者的典型，她一直非常讨厌我。

我是个不招人喜欢的孩子，每当大人问我话时，总紧张得不能好好回答。

有一天，在语文课上写作文，题目是《我的烦恼》。同学们都在埋头写作文，女老师扭头看着窗户外面，我望着女老师的侧脸，把自己当时的心情一五一十地写在了作文纸的方格子里。

在第二天的语文课上，老师先读了几篇优等生的作文，都是些让老师非常满意的不痛不痒的烦恼，以及面对烦恼的积极态度，比如弟弟和妹妹老打架，我是长子，应该更加懂事才对。没想到，最后女老师说，写得不好的作文也得读，谁写的就不说了，然后大声读起了我的作文。

虽然确实写得不太好，可是，我是如实写出了自己的心情，怎么就成了“不好的范文”？至今回想起来，仍然感到愤愤不平。可是那时候根本不敢生气，在老师朗读作文的时候，我的心脏差点儿从嘴里飞出来，一点都不开玩笑。因为作文里写的都是我的真心话，比如自己怎么也不能够和同学们融洽地在一起，看到大家在笑，就会觉得是在嘲笑我，有时害怕别人看我的眼光等等。

这些都是我最不愿意让同学们知道的事情。

不想让别人知道的事就不应该写在作文里，说到底是我的不对吧？可是，在我这个虽然性格乖僻，却言听计从的孩子看来，既然给了我这个作文题目，就应该把此时此刻自己最烦恼的事情真实地写出来，我就是这样一根筋的孩子。

是谁的作文，大家应该猜得到吧？女老师读作文时已经有好几个人在看我了，然而，最要命的是读完后，女老师不知是不小心还是故意的——我认为是故意的——把那个作文直接给了我。

全班发出哄堂大笑，我满脸通红地低下头去。

好在我和惠利佳不是一个班的，多少是种安慰。

大概是对于给我造成的伤害感到很满意吧，从那以后，女老师经常在语文课上让大家写作文。

我常常没写几个字，就下课了，所以每次都挨她的训斥。但是，无论当着同学们的面训斥，还是让我在办公室里跪着挨训，我都不再写作文了。一想到我的文章会被心怀恶意的女老师在全班朗读，我就是死也不写。

对于朋友极少的我而言，惠利佳有多么重要就不必多说了。只有惠利佳能够包容我的一切。因父亲调动工作而转学时，我以为再也见不到惠利佳了，成天悲叹不已。惠利佳也许是可怜我，最后给了我一个美好的回忆。

不过同时，转学也让我松了口气。因为再也不用看见那些读过我作文的家伙了。而且在新的中学里，我通过天文知识结交了新朋友，是我人生中少有的快乐时光。

然而刚刚习惯了新生活，在那个中学读了半年后，因父亲的工厂倒闭，我家又搬回了原来的城市。

我从火车中看到熟悉的街道时，喜悦先涌了上来，而不是不安。因为可以再见到惠利佳了。由于学区的缘故，我和她被编入了同一所中学。

遗憾的是没有和惠利佳一个班。不过反正在一个学校里，以后见面的机会有的是。

第二天，我和惠利佳在走廊上相遇了，当时她的样子和以前不同，尽管跟我说了话，但感觉很生疏，仿佛我回来让她很困惑似的。

这也难怪，好久不见了。可是一个星期两个星期过去了，惠利佳的态度没有任何变化，甚至在走廊上遇到时，明明看见我了，却故意回避我的视线。

我感到十分焦虑，心里产生了与自己不相称的蛮勇想法。

是的，我要给她写情书。我做梦也没有想到，这个念头拉开了不幸的帷幕。

如果当时有手机的话，事情或许不会变成那样。当时一家只有一部电话，想要向对方传达自己的心思，写信是最一般的做法。

我花了两晚的时间，写了一遍又一遍，给她写了我这辈子第一封情书——恐怕也是最后一封吧。

至于那封情书的内容，实在太难为情了，哪怕是回想只言片语，我都会很痛苦。记得有这么一句：将来我一定要发现新星，我保证，用你的名字给它命名。

实话实说，那封情书里的词句，至今我仍旧可以一个字也不差地背出来。现在我仍然会想起那篇稚拙的文章来，只因太过羞耻，真想大声喊叫。

写完之后，我感到很满意，第二天放学后，我就大胆地塞进了惠利佳的鞋箱里。可是，我实在没有勇气偷看惠利佳拿到那封信时的样子，便提心吊胆地回家了。几个小时后，我突然发起了高烧。脸上滚烫，浑身大汗淋漓，呕吐个不停。体温计的水银已经升到了最高线。妈妈请来的医生，给我检查完全身，皱着眉头说不出是什么原因来。

这个原因不明的高烧持续了整整四天。匪夷所思的是，下午和傍晚发烧，到了夜里就下去了。一般的病都是夜里发烧，我的情况正相反。这样折腾了四天。

退烧后的第五天，我去了学校。

进入校门之前，认识的同学看到我就对我笑，还交头接耳地说什么。有的人很露骨地对我指指戳戳。

走进校舍，沿着走廊进入教室后，我才明白了一切。

我写给惠利佳的那封稚拙的情书，竟然被贴在了走廊上。

我差点没有昏过去，立马把它揭下来，然后直接跑回家去了。

后来我才知道，惠利佳当时已经和学校三年级的不良少年在一起了。我刚转学过来，不知道这件事，居然对学校里最“危险”的女孩子——当然如果不是惠利佳的话，我绝对不会这样做——写了情书。课外活动结束后，惠利佳在鞋箱里看到发小给自己写的情书，大概是出于想提高自己身价的想法吧，就给刚好来找她的男友看了那封信。于是男友打算来个杀一儆百，让那个可怜的小子把脸丢尽，看谁还敢对自己的女友出手。为了不被老师发现，他只是在休息时间和放学后贴上，就这样摘了贴，贴了摘，是个极有韧性的家伙。

请设身处地地想想看，要是您的话，能够忍受这样的侮辱吗？

连我都奇怪，自己当时怎么没有自杀。恰好那时，饱受欺凌的东京某中学生在车站的厕所里自杀，媒体一连多日连续报道该事件。而且，不仅自杀少年的遗书，就连小学毕业册里的文章都被播放出来了。

虽然报道说那个少年对未来抱有怎样美好的梦想，其实只是在偷窥他人的不幸。

如果我自杀的话，一听说中学生自杀就跟打了鸡血般兴奋的媒体肯定会如获至宝吧。只要对学生们进行采访，很容易就会弄明白我自杀的理由，报刊也会大为振奋，以“中学生因写情书而自杀”这样夺人眼球的标题大肆渲染吧。之后，电视台必然会找到那封信。那封全校师生都看过的信，这回将通过电波被全日本看到。我撕了那封信的次日，又贴出来了，看来不良少年复印了好多份，一想到此，纵然每天活在地狱之中，也绝对不能自杀。

直到毕业，我一直过着怎样的生活，就不用详说了吧。我渐渐地害怕见人，一旦去人多的地方，我的腿就迈不动了。

后来，父母带我去看精神科，我被诊断为社交恐惧症。

我尝试了各种治疗方式，当然也尝试了药物疗法。在那以后，父母离了婚，我被判给了母亲。

不过，我对精神科的医生也没有说过自己有个奇怪的毛病。

我的情书被贴在走廊的墙上与我突然发起不明原因的高烧几乎是同一时间的。而且，烧退也是在全校师生看过情书之后。

于是，我回忆起自己小时候确实有很多不可思议的事情。每次给要好的朋友（就是这部小说的作者）写明信片，只要他一收到，我就会感到不舒服。勉强写出来的作文被收入作文集，发给全校师生后，当天傍晚我就开始生病。这一件件事实都坚定了我猜疑，我的病确实是社交恐惧症。对我而言最大的恐惧不是和他人见面，而是自己写的拙劣文章被他人看到。无论在这个世界的哪个角落，只要有人看到我写的文章，我就能非常敏感地感觉到。

我总觉得自己有种感应能力，当自己写的文章被人看到，心脏就会怦怦直跳，脉搏紊乱起来。大概是小时候受到的种种心理阴影，将我的感觉研磨得异常敏锐吧。

而且最初，我并不知道这一感觉是自己独有的。

我以为大家多多少少都有这样的感觉。

每当看书时，如果那本书的作者还健在的话，我就会想，由于作品被我读到，作者此时一定非常紧张吧。于是我自己反而会心跳加速。

关于这个感觉，我没有对医生说过一个字。这件事要是被医生知道了，一定会被当作绝佳的论文材料吧。我会被迫写文章，让某人在别的地方读我的文章，测试我的身体反应等。我绝对不希望配合他们做这种实验。

再说，既然我对自己的症状已经把握了，就觉得自己也可以和一般人一样在社会中生活下去。因为只要什么文章也不写，就不会被别人读到。

只是在不给别人看的前提下，我一直在写私小说那样的东西。其片段就是那些备忘录。

高中毕业后，我好容易才被某进口批发公司录取了，主要工作就是和电话、票据打交道。由于工作需要，我利用业余时间去语言学校学习了西班牙语。不可思议的是，偶尔在工作中使用英语或西班牙语写信，即使被人阅读，我也没事。恐怕是因为彻头彻尾都是业务方面的内容，没有一丝一毫的个人情感。

在我看来，世上的人都很迟钝，即便自己的文章被别人看，他们也不会因此而激动，人怎么可以如此迟钝呢？对此我无法理解。

后来发生了这样一件事。

就职几年后，在我开始觉得自己也可以像正常人一样生活的时候。

那天没有加班，我早早回了家，拿出了好久没有用过的天文望远镜瞭望天空。

那时候的天文界，正处于大发现的热潮之中。据说是在麦哲伦星云中观测到了超新星大爆炸。和我们的银河系非常近的银河——大麦哲伦星云与地球之间的距离“只有十六万光年”。也就是说，十六万光年前发生的事件，人类能够实时与其际会，当时天文学的世界完全被超新星所占据。对天文学比较熟悉的各位，对那个时候的狂热氛围想必记忆犹新吧。

哈勃望远镜可以定期给地球发回令人难以置信的美丽

的天文照片，图像清晰得让人什么时候看都会发出惊叹。但是，我看到天文照片时，一方面会感叹这了不起的科学进步，一方面总是会陷入某种郁闷的心情之中。我会想，我小时候使用口径9公分的望远镜憋着气观看的那些图像到底算什么呢？我还知道，观测流星如今也都通过电波进行，我从少年时期开始拼命记录的有关流星的数据，在学术上也几乎没有任何价值。

我用第一笔奖金买了一个口径9公分的带有自动追踪装置的反射望远镜。虽说可能性非常低，但并非完全为零。无论多大的天文台，或是哈勃望远镜，一次只能将其镜头对准一个方向进行观测，这一点与一般的业余爱好者的望远镜是相同的。

话说回来，即便自己侥幸发现了新天体，又有什么意义呢？在如此发达的当今时代，发现新天体简直易如反掌。而且发现新天体的最大意义就在于，发现迄今为止无人知道的天体数据，尽可能早地对天文学作出贡献。然而，既然这么容易就能发现，那么，无论是自己发现还是他人发现，也就没有多大的差别了。

因此，我偶尔观测星空，只不过是为了不至于在单调的日复一日中忘却了儿时的憧憬罢了。

理由只有一个，在上封信里我也提及了一点，因为我得知了惠利佳的死讯。

考入东京短期大学的惠利佳，暑假时和朋友组队去看旭日东升的大海。在回来的路上，和一辆四吨重的卡车迎面相撞，除了一名男生外，其余三人都死了。

听说此事，我没有一点悲伤的感觉。葬礼在当地举行，我也去上了香，但没有掉眼泪。

可是，随着岁月流逝，惠利佳的音容笑貌总是走马灯似的在眼前转悠。尤其让我忘不掉的是，那天她顽皮地笑着说："你要是真的发现了新星，一定要用我的名字命名！"

于是我渐渐地想要兑现那个承诺了，我能够为惠利佳做的也只有这一件事了。

我的目标从以前的彗星转为发现小行星了。彗星是自动以发现者的名字命名，而小行星是由发现者自由起名的。如果能够发现的话，只要人类存在一天，那个天体就永远叫做惠利佳小行星（我特此说明，这是我遇到冬美之前的事了）。

那一天晚上，我观测了好几个小时，当然没有任何成果。

就在我打算结束观测的瞬间，偶然的，我将镜头转向了狮子座附近的M66。

我发现了非常暗的一点光，却是从来没有见到过的。

我慌忙用最详细的恒星图确认了一下——没有这个星星。

这么说，它是新天体了？

我赶紧用导航设备将那朦胧的淡光记录下来。如果是彗星的话，即便在这个瞬间，也会在恒星与恒星之间移动的。

还有，如果是彗星的话，应该可以看到淡淡的星云什么的，而且无论多么淡，也可以看到中心部分的核与围绕它的淡淡光环。

可是，不管如何观测，都看不到。虽然是短时间的追踪，它也没有在星星之间移动的样子。

如果是新天体，却不是彗星的话——

难道是超新星？

我的喉咙干得不行。如果它是一颗超新星，经过无比漫长的星际之旅，刚刚到达地球，我就是第一个看到它的人类。

可是，紧接着我一个人大笑起来，笑声穿透了深夜的黑暗。真是可笑，你清醒清醒吧。几年前，的确在大麦哲伦星云发现了超新星，引发轰动。但是，在那之前发现的超新星是十七世纪初叶的事。这样的大发现，怎么可能一再出现呢？

尽管如此，我还是不忍心就此放过那个光。彗星也好小行星也好，都有发现的价值。如果是超新星的话，其价值就难以估量了。

我准备彻夜观测它了。虽然明天还要上班，可是，我感觉自己从小到大，看了几百几千小时的望远镜，为的正是这一天。

我确认天体一次也没有离开导航仪的范围，直到天色发白，无法继续观察之后，我才拨通了国立天文台的号码——号码我早就写在笔记本上了，但电话还是第一次打。

此时是早晨五点半。

“谢谢您的来电，这里是国立天文台。本天文台二十四小时接受发现新天体的通报。请在嘟声之后，尽可能详细地说明新天体的位置以及您的联络方式……”

“M66疑似有新天体，但好像不是彗星，说不定……有可能是超新星。”

我只说了这么一句就挂了电话。

我只小睡了一个小时，就去公司上班了。那天公司里出了大事，由于我下面的一个新职员犯了个低级错误，将订货单给弄丢了，结果那一整天我在市里到处跑，给每个客户赔礼道歉，不得消停。

那微弱的光一直在我的脑海里萦绕不去，可是一回到家，我累得倒头便睡。

第二天傍晚，趁着上司不在浏览报纸的时候，我才意识到忘了给国立天文台留下我的名字和联络方式了。

“位于M66又发现超新星！澳大利亚的牧师艾邦斯先生。”

我忍不住哈哈大笑起来。这个下场简直太适合我了，惠利佳知道了肯定也会笑掉大牙的。不知何时回到办公室里来的上司用厌恶的眼神瞪着笑个不停的我，虽然意识到了，我也没有理会。

* * *

下面就说说那天发生的事件吧。

当我看到卡洛斯已经断气，我彻底慌了神。我逃跑了，不过，我至少没有慌张到忘记把肯定沾有我指纹的刀子拔下来带走。

上次那封信里写的全都是真的，我对天发誓，我确实是正当防卫。

可是没有人能够为我证明这一点。

起初我想要去自首。可是，如果我的说法得不到警方认可的话，我就会以杀人罪被起诉。反之，即使认可了我的说法，证实了是正当防卫，也免不了因贩卖毒品而被判刑。我触犯了法律，可以说是自作自受，但问题是借债。知道我有妻子的那些高利贷债主会对冬美做出什么？

再说，即便几年后我刑满出狱，等着我的还有卡洛斯团伙的报复。

此时我已经知道自己活不成了。杀死卡洛斯的日本小喽啰，他们怎么可能放过呢？无论我逃到天涯海角，无论我在监狱里待多少年，那些混蛋都绝对不会放过我。纵然日本的法院判定我是正当防卫，也和他们没有任何关系。

万念俱灰的我在夜晚的街头游荡，考虑着自杀。

但是，如果自杀的话，会给冬美和她生下的孩子留下庞大的借债。我购买的人寿保险还处于免责期，所以如果自杀的话，连一分钱也得不到。

那么，干脆返回案发现场，任凭卡洛斯的手下把我杀死呢？

有一瞬间，我觉得这是个万全之策。

然而，紧接着我发觉这样也不行。因为卷入这种事件也得不到保险金。

如此一想，无论从哪方面考虑，让卡洛斯手下杀死，是最坏的选择。

我不能够自杀。

也不能够卷入争斗而被人杀死。

您已经明白了吧，此时闪现在我脑海里的，就是自己一直在思考的不可能的计谋。

将我写的文章，给很多读者看——

一个人两个人看的话，不会有多大作用。

但如果我的文章变成铅字，被送往整个日本的家庭或公司会怎样呢？

根据迄今为止的症状来判断，我的心脏绝对承受不了。

曾经的一个朋友是作家，对我来说实在是幸运之至。倘若没有他的协助的话，即便我想给千万人看自己写的文章，恐怕也无处发表。我发自内心地感谢他。

于是，他的小说全文转载了我写给他的信。看到这个连载的瞬间，我的心脏顿时狂跳起来，差一点就停止跳动了。遗憾的是，仅仅这一次，我的心脏还不至于停止跳动，于是就产生了继续写第二封第三封信的需要。

而且，为了确保实现这个计划，我还把自己写的私小说内容摘抄出来随信一起寄去了。光是信就令我心如刀绞，如果那些青涩幼稚的备忘录暴露在所有日本人面前的话，我的心脏绝对会受不了。

还有上次那封很长的信，毫不隐讳地描写了此时我对冬美的感情，这篇文章将成为致命一击，使我停止呼吸。

这个计谋对我而言，意味着仅此一次、性命攸关。

我的尸体会由于死因不明而被解剖吧？不知会进行司法解剖还是行政解剖，反正无论哪个，从我的尸体中都不会发现不自然的迹象。于是我的死因得以认定为自然死亡。

至于保险金，应该会全额支付给受益人冬美的。我虽然被通缉，可即使是通缉犯，在被逮捕之前病死或自然死亡的话，由于其死亡与犯罪没有直接关系，还是可以得到保险金。

即使是非常精明的保险公司，也无从主张我是自杀的。因为没有人会自己让自己心肌梗死的。冬美还清我的借债，余下的钱估计够把我们的孩子养大。这是我能够送给还未见面的，不对，是永远也见不到的孩子的唯一礼物。我将一边这样祈祷一边离开这个世界。

这封信是和上封信同时写的。

但是这封信必须晚一些寄到。

于是我在这封信上填写了一个虚构的外国地址，以航空信寄出，在寄信人栏里写下作家朋友的地址。最终，那封信会退回该地址。

现在是半夜时分。

即使是此时的我，仍然很害怕死去。

但是，再过几个小时，我的上一封信就会原封不动地刊登在早报上，您自然会看到。

我是没有任何办法可以阻止它了。

4

我闭上了眼睛。

已经不需要解释了吧。

在这部小说中的您，就是读者您，是您杀死了香坂诚一。

您一定会说，我只是看了小说，丝毫没有想要杀死他的念头吧？

即便如此，您仍然是杀人犯，毫无疑问。

因为是您的阅读行为杀死了他。随着您的阅读，他在一步步走向死亡。而帮助他的人，正是我。

诚一说，他是在自己的社交恐惧症确诊之后并意识到自己的特殊症状的同时，想到这个念头的。然而至今没有实现，正是因为必须以诚一自身是受害者的形式才能成立。

在这篇小说里我的作用，可以说就是欺骗您读到现在，仅此而已。我这个小说家说不定只是为了此事才降生于这个世界的。为了实现这个计谋，深水黎一郎有必要先发表几部还将就看得下去的本格推理小说，我之所以成为作家，正是被那看不见的宿命所左右的。

在这个过程中，我掩盖了自己和诚一之间的关系，您想过是为什么吗？如果我把那些信刊登出来后，说这是我朋友的文章，请大家务必读一读的话，您会好好阅读吗？正因为香坂诚一是一个谜一样的人物，您才会那么感兴趣地看完那些信和备忘录吧。为了让您成为罪犯，只能如此。

再重复一遍，诚一从一开始就在称呼的“您”，正是现在正在看小说的您。您阅读了诚一的信之后，是否在报刊的周日版上登出“母病危，尽快联系，太郎”呢？

是的，诚一想要把这个计谋出售的对象不是我，而是您。如果您花两亿元买下诚一的计谋的话，报上的连载就会立刻中止，他会自首的。诚一之所以没有自首，就是担心在他服刑期间，冬美会遭遇不测。

反过来说，在你们之中，会不会有人立刻掏出两亿元来？尽管从常识来说，这种可能性几乎为零，但也无法排除在你们之中有亿万富翁出于恶作剧的心态这样做的可能性。因此，香坂诚一为了彻底消除这种可能性，附加了必须是全额现款才行等等条件。

您或许会说，这些都是已经发生的事了，自己并不是犯人等等。或者说您看的是书籍，不是连载。

可是诚一所具有的感应力远远超出了您的想象。倘若诚一可以感应到您这个未来的读者呢？他通过其敏锐的ESP能力已经捕捉到未来了呢？犹如最后一根稻草那样，您真的可以断言自己不是犯人吗？

事到如今，听上去很像是自我辩解，但我的确没有预想到诚一真的会丢掉性命。我希望的是，结束这篇“罪犯就是读者”的小说，然后让诚一去自首。

然而，随着信和备忘录一封接一封地寄来，我将它们原封不动地刊登出来，渐渐地我开始害怕起来，说不定这个计谋真的会实现。

我曾多次想要中止这个连载，可既然是诚一以命相赌的事，我也不能单方面停下来。再说我真的不知道逃亡中诚一的住所。

当然了，您也好，我也罢，都不会受到法律的制裁。

想要证明我们的行为与香坂的死有着明确的关联，无论多么优秀的检察官恐怕也是无能为力的。

尽管不会被起诉，但是对于自己犯下的协助杀人罪，我已经做好了精神准备，这一生都要背负这个十字架活下去。如果您也感到哪怕一丝的罪恶感，请合上这本书，在心中为诚一祈祷吧，哪怕只是一小会儿。

可以拯救我们这些人的，是诚一信里的最后部分。我把它作为小说的结尾，在这里转载一下。

* * *

最终我没有能够发现新星。

但幸运的是，我遇见了爱我的女性，并孕育了一个新生命。仅此，我的一生就足够幸福了。

为了给家人留下保险金而煞费苦心伪装成他杀，但是死后其伪装被识破，最终未能给所爱的人留下一分钱的男人何其多也。

他们的死可谓是名副其实的轻如鸿毛，但是我和他们不同。

因为我死了，不但可以还清债务，还可以成就推理小说界不可能实现的计谋。

这是只有我才能够实现的死法。

对于像我这样可悲而渺小的人，除此之外，还有其他更有意义的死法吗?

最后，请允许我对读者，也就是杀死我的犯人说一句话。

非常感谢您阅读了我的拙劣文章，并杀死了我。

我发自内心地感谢您——

香坂诚一　敬上